漢晉風流

2022 国丝汉服节纪实

主　编　楼航燕
副主编　钟红桑　余楠楠

东华大学出版社·上海

图书在版编目（CIP）数据

汉晋风流：2022国丝汉服节纪实/楼航燕主编；钟红桑，余楠楠副主编. — 上海：东华大学出版社，2023.4
ISBN 978-7-5669-2208-3

Ⅰ.①汉… Ⅱ.①楼…②钟…③余… Ⅲ.①纪实文学—中国—当代 Ⅳ.①I25

中国版本图书馆CIP数据核字（2023）第061016号

责任编辑：张力月
封面设计：上海程远文化传播有限公司
装帧设计：上海三联读者服务合作公司

汉晋风流：2022 国丝汉服节纪实

HAN JIN FENGLIU: 2022 GUOSI HANFUJIE JISHI

主　编：楼航燕
副主编：钟红桑　余楠楠
出　版：东华大学出版社（上海市延安西路1882号，邮政编码：200051）
本社网址：dhupress.dhu.edu.cn
天猫旗舰店：http://dhdx.tmall.com
营销中心：021-62193056　62373056　62379558
印　刷：浙江海虹彩色印务有限公司
开　本：710mm×1000mm　1/16
印　张：12.75
字　数：327千字
版　次：2023年4月第1版
印　次：2023年4月第1次印刷
书　号：ISBN 978-7-5669-2208-3
定　价：98.00元

序

"博物馆是保护和传承人类文明的重要场所",中国丝绸博物馆(以下简称"国丝馆")是保护和传承中国丝绸文物、蚕桑丝织技艺、丝绸文化艺术以及丝绸之路精神的殿堂。国丝馆一直致力于"深化学术研究、创新展览展示、推动文物活化利用",在人们追求美好生活中贡献力量。

从古至今,丝绸美化人们的最主要形式就是"服装"。进入21世纪以来,"汉服热"持续升温,中国丝绸博物馆以收藏有成体系的中国历代丝绸服装与服饰为优势,为汉服爱好者们奉上不一样的汉服节:基于文明科学探源的汉服节。服装是穿在身上的时代、社会,所以科学复原历代服饰,能帮助大家更好地理解、传承中国优秀传统文化和艺术。

国丝馆举办的第五届汉服节的主题是"汉晋风流"。随着丝绸之路的凿通,汉晋时期的文化走向多元发展,是一个文化开创、冲突又融合的时代。由于儒教独尊的地位被打破,哲学、文学、艺术、史学及科技纷纷出现革新,有由本土发展的玄学、道教及由印度东传的佛教,边疆民族的草原文化与汉晋的中华文化,都逐渐进行文化交流与融合,塑造了华夏服饰的诸多审美典范,对后世产生了极其深远的影响。

每届国丝汉服节都为观众精心准备配套展览,2022年为大家呈上的是"汉魏印象:汉晋南北朝服饰艺术展",策展人是国丝馆最资深的丝绸文物专家和策展人之一薛雁老师。策展人精心选择汉魏不同时期的丝绸典型纹样、汉机如何织造汉锦以及代表性的服饰文物,并结合出土彩绘俑人和典型出土汉代服饰资料，向观众展示从西汉"薄如蝉翼"的素纱禅衣，到曲裾缠绕的传统深衣；从魏晋的宽袖、窄袖袍或半袖衣，到长裙曳地、罗襦绣裳，让观众直观感受汉魏服饰的飘逸和华丽；在锦上织入美好愿望的汉字，成了汉晋时期织锦的特色，让观众了解汉代丝绸织造技术的创新——踏板织机以及它赋美当时生活的贡献，为汉服研究者和爱好者提供了科学依据，也让观众理解两千多年前的服饰文化和我们祖先心目中的美好生活。

2022年国丝汉服节的一个创新是国际化：杭州—巴黎"双城汉服节"，与巴黎中法文化交流木瓜协会联动，推出汉服节活动，希望增强中华文化的国际影响力和传播力。中国丝绸博物馆也获得了国家留学基金委的授牌"中国政府奖学金来华留学社会实践与文化体验基地"。

本次国丝汉服节包括展厅导览、专题讲座、文物鉴赏、汉服之夜、银瀚论道等活动，同时还有设置手工艺集市、竹林七贤打卡互动、"国产植物染料"主题分享会等活动，"国丝汉服节"活动在中国丝绸博物馆B站、微博、视频号、博物馆头条、小时新闻等平台实时直播，总观看量近300万。

中国丝绸博物馆将继续持续"弘扬中国丝绸文化，传播丝绸之路精神"，将继续每年为汉服同袍奉上不一样的汉服节。

中国丝绸博物馆馆长 李晓君

2023年3月31日

目 录

第一章　国丝汉服节纪实 ························· 1
第一节　"2022 国丝汉服节"纪实 ························· 2

第二章　展厅导览 ························· 19
第一节　汉晋服饰 ························· 20
第二节　汉机织汉锦 ························· 23
第三节　"汉魏印象：汉晋南北朝服饰艺术展"导览 ························· 26

第三章　专题讲座 ························· 31
第一节　灿烂的马王堆汉墓服饰 ························· 32
第二节　徐州出土汉晋南北朝陶俑服饰特色赏析 ························· 51
第三节　垂缨腰玉与逆转珠佩响——三国两晋南北朝时期的装身用玉 ························· 63

第四章　文物鉴赏 ························· 75
第一节　中国丝绸博物馆藏魏晋南北朝绞缬绢衣鉴赏 ························· 76

第五章　汉服之夜 ························· 79
第一节　汉晋风流——汉晋时期服饰结构复原概述与展示 ························· 80
第二节　卫青 ························· 91
第三节　木兰辞 ························· 96
第四节　魏晋风流　且看今朝 ························· 114
第五节　人间六百年——民族熔炉练就出的袖底乾坤 ························· 127
第六节　凉州故事 ························· 135
第七节　画中霓裳 ························· 143

第八节　中国服饰简史·汉晋篇 ……………………… 153

第六章　银瀚论道 …………………………………………… 155
第一节　以古循今——面向当代的传统服饰设计与搭配 ……… 156
第二节　最是人间烟火气——传统美学的网络传播 …………… 164
第三节　山川人物——历史服饰文化考证成果的活化呈现 …… 174
第四节　传统民俗风物的摄影语言表达——我如何理解千年前的"我" …………………………………………………… 178
第五节　风雅精致的宋韵生活：南宋往事，临安人的一天 …… 184

致谢　…………………………………………………………… 193

第一章
国丝汉服节纪实

第一节 "2022 国丝汉服节"纪实

钟红桑

图 1-1 "国丝汉服节：汉晋风流"海报

2022 年 11 月 6 日，为期两天的"国丝汉服节：汉晋风流"如期落下帷幕（图 1-1），按朝代版策划的国丝汉服节也完美收官。如今回头看这五年汉服节，有恍如隔世之感。我们如期记录了 2022 年晚秋时节的"汉晋风流"，也希望在以后的每届汉服节，都可以与广大的传统文化爱好者相聚在国丝馆。

虽然在 2021 年"唐之雍容"的"汉服之夜"上，国丝馆名誉馆长赵丰先生向大家宣布了 2022 年的主题是"汉晋风流"。但是在正式开始准备前，馆领导还是犹豫要不要把"汉"和"晋"分开做，是否要把汉代主题作为最后朝代版的大轴。考虑到目前汉服整体的发展状况，汉代的服饰复原并没有很大的市场，而且汉晋的时间距离今天实在是太过久远，可考证的资料并不是非常丰富。最终，我们决定维持原本的计划，将汉晋合在一起，以西汉、魏晋、南北朝作为分界，请汉服复原研究者共同来参与。

2022"国丝汉服节：汉晋风流"招贤令

2018—2021年，中国丝绸博物馆连续四年举办国丝汉服节，充分利用馆藏文物和学术资源精心筹划专业导览、专题讲座、文物鉴赏、汉服走秀、汉服论坛、互动体验等丰富多彩的活动，受到了广大民众的欢迎和喜爱。2022年，国丝馆将延续这一品牌活动，并将主题定为"汉晋风流"。现在发布招贤令，召集汉服复原爱好者参与活动。

活动时间：2022年5月14—15日

活动地点：中国丝绸博物馆

汉服爱好、复原和研究者召集

国丝馆将在5月14日晚上举办"'汉服之夜'暨汉服主题秀"活动。此次汉服秀以汉晋服饰为主题，招募汉晋服装研究、复原、设计、制作者参加分享和展示。

招募要求

1. 复原服饰要有一定的来源依据（如文献、画像、文物）。服饰的展示要在一个情景中表现，并配以旁白讲解。在此基础上，希望复原的服饰能够区别不同时期（西汉、魏晋、南北朝），不同场合（如便服、常服、礼服等），要逐层制作、分层穿着，便于展示。

2. 复原者可报名一个或多个情景，需要提供展示方案（参与分享的服装图片，场景剧本大纲）。

3. 国丝馆将根据方案进行选择，选中的团队可以获得2个名额参与文物鉴赏。

4. 报名日期：即日起至2月18日。

汉晋时期的出土服饰主要集中在湖南长沙马王堆汉墓、新疆尼雅精绝国王室墓地和新疆尉犁营盘汉晋墓地等。文物珍贵且脆弱，难以来到国丝馆。因此，这次配套"国丝汉服节：汉晋风流"的展览由徐州博物馆收藏的彩绘陶俑和中国丝绸博物馆收藏的纺织服饰组成。虽然无法看到服饰本身的结构和织绣印染技术，但是立体的陶俑也能提供很多有用的信息。比如平面服饰是如何穿着上身的，穿上之后会呈现出怎样的体态，塑造出如何的气质等。其对于我们2022年汉晋服饰的复原制作和穿着都有很大的借鉴意义。

汉服自2003年重新回到公众视野至今，有了非常大的发展。同袍们不仅致力于传统服饰本身的结构研究，也在身体力行地做着汉服走入当下社会和传统文化的复兴。"银瀚论道"从设计之初就是作为一个平台供汉服爱好者们探讨各种各样的主题。所以这一次"银瀚论道"设定主题"汉服——连接传统与当下"，邀请了几位目前在网络上用自己的方式穿着汉服、宣传传统文化的同袍来参与。

室内活动的人数毕竟有限，而且内容更加偏向学术。因此，我们期冀能在园区里营造出一种浓厚的节日气氛，以更加轻松自在的氛围让大家感受传统文化的美妙（图1-2、图1-3）。"汉晋风流"的主题，我们设置了一个"竹林七贤"的打卡集章小游戏，"七贤"的人选也向公众招募。

图1-2　园区海报墙

图1-3　手工艺集市

报名丨2022"国丝汉服节：汉晋风流"喊你来扮"竹林七贤"

2022"国丝汉服节：汉晋风流"将于11月5—6日在中国丝绸博物馆举办。为了增加活动趣味性，国丝馆在今年特设"竹林七贤打卡游园"活动。

面向公众招募七位男性志愿者来扮演七贤，入选者将会体验全套复原风格的魏晋服饰妆造，并全程参与国丝汉服节。

招募要求
1. 身高在175~180cm，五官端正，仪态良好。
2. 请志愿者发送个人信息，包括身高、体重，附带一张照片（全身或半身艺术照、生活照皆可）到邮箱1195197324@qq.com。
3. 杭州本地优先，国丝汉服于11月5—6日举行，在11月4日（周五）下午将进行试穿与彩排，请报名志愿者在此时间来馆提供志愿服务。

游戏规则
1. 参与者拿着领取的卡片找到身处国丝馆各处的"竹林七贤"。
2. 对每一位"竹林七贤"说出闯关密语（现向网友征集），若正确，即盖章通关。
3. 集齐七贤盖章者，可领取国丝小礼品。

闯关密语征集
闯关密语是什么？由你来定。
国丝汉服节，_____。
欢迎广大网友们留言，点赞前三的密语将被采用并获得小礼品。

报名须知
1. 报名截止时间为2022年10月21日下午17:00。
2. 此次志愿者招募为公益性活动，主办方将在收到报名信息后3个工作日内电话回复确认，请留意来电。
3. 入馆提前在中国丝绸博物馆微信公众号预约，根据杭州市防疫要求，入馆出示健康码、行程码、核酸阴性证明等，参与活动要求全程佩戴口罩。
4. 本次活动，国丝馆拥有最终解释权，若有疑问请咨询0571-87035150。

招募一经发出，受到了广大观众的热烈欢迎。我们收到了40余位热心观众的投稿，经历层层筛选，终于选出了"竹林七贤"（图1-4）。

尽管障碍重重，所幸我们都克服过来了。2022年10月30日，国丝馆把此次汉服节包含的所有活动进行整理向大家公布。

图 1-4 "竹林七贤"

2022"国丝汉服节：汉晋风流"最全攻略来啦！

你是不是等了很久了？
2022"国丝汉服节：汉晋风流"
将于 11 月 5 日—6 日与大家见面啦！
汉服之夜、银瀚论道、专题讲座
现场活动精彩纷呈，
您一定要来哦！

届时，活动也将在中国丝绸博物馆 B 站、微博、视频号（搜索"中国丝绸博物馆"官方账号，进入即可收看）、博物馆头条实时直播。

1. 展厅导览
时间：11 月 5 日 9:30—10:30
形式：线上直播
内容：锦程——中国丝绸与丝绸之路展
天蚕灵机：中国蚕桑丝织技艺非物质文化遗产展
汉魏印象：汉晋南北朝服饰艺术展

2. 专题讲座
时间：11 月 5 日 13:00—16:00
形式：线上直播

《灿烂的马王堆汉墓服饰》王树金（深圳技术大学教授）

讲座人简介：主要从事简帛、服饰研究及展陈策划，出版《马王堆汉墓服饰研究》（专著）、《博物馆陈列展览指南》（合著）；发表学术论文约80篇，合著合编图书20余部，主持或作为研究主力参与科技部、国标委、国家文物局、国家社科基金等30多个，国家社科基金艺术学重大项目"中华民族服饰文化研究"特聘专家。

《徐州出土汉晋南北朝陶俑服饰特色赏析》杜益华（徐州博物馆社会服务部主任、文博副研究员）

讲座人简介：常年从事青少年历史文化教育传播、博物馆公众服务和博物馆学研究。

《垂缨腰玉与逆转珠佩响——三国两晋南北朝时期的装身用玉》左骏（南京博物院研究馆员）

讲座人简介：从事考古、传世器物研究及相关策展工作。曾参与多项江苏省内考古发掘及整理工作，近年负责及协助南京博物院多项展览策划实施、院藏文物研究。发表考古简报近10篇、编著考古发掘报告及展览图录10余部。主持并参与多项国家和省级科研项目研究，发表研究论文20余篇，出版相关著作5部。

3. 文物鉴赏
时间：11月5日 16:30—17:30
鉴赏文物：绞缬绢衣等

4. 汉服之夜
时间：11月5日 18:30—20:30
地点：银瀚厅

襦一坊：汉晋服饰秀
入时无：汉代情景剧《卫青》
雁忘归：情景剧《木兰辞》
如是观：南北朝服饰秀
乔织：情景剧《凉州故事》
邈邈阁、汉服长春、衔鱼录、泡泡汉服：情景剧《画中霓裳》
上遥居：南北朝服饰秀

5. 银瀚论道
时间：11月6日 9:30—11:30
形式：线上直播

《以古循今——面向当代的传统服饰设计与搭配》蛔蛔（传统服饰爱好者）
《最是人间烟火气——传统美学的网络传播》阿时（服饰历史爱好者、科普创作者）

《山川人物——历史服饰文化考证成果的活化呈现》蜃楼志 studio 发言人——鱼汤（鱼汤传统服饰主理人）

《传统民俗风物的摄影语言表达——我如何理解千年前的"我"》象罔境（汉服摄影师、纪录片导演、传统民俗文化爱好者）

《风雅精致的南宋日常生活——南宋往事，临安人的一天》李飞（南宋文化学者、文物鉴赏家、作家、视觉艺术家）

6."前世·今生：国产植物染料"主题分享会

时间：11 月 6 日 13:30—16:30

地点：时装馆新猷资料馆

参与人数：20 人

简介：本次会议（线上／线下）由 6~8 位报告人分享在天然染料研究、应用与开发领域的成果和经验。

7. 手工艺集市

时间：11 月 5 日—6 日

地点：时装馆门口小广场、嫘祖像前空地

8. 竹林七贤打卡

时间：11 月 5 日—6 日

地点：中国丝绸博物馆园区

游戏规则

（1）参与者在博物馆进门处领取"竹林七贤"打卡册。

（2）找到散在园区各处的竹林七贤，说出通关密语（以下三条中任意一条即可），若正确，即盖章通关。

通关密语

国丝汉服节，竹林访七贤

国丝汉服节，锦色如云

国丝汉服节，共寻华夏梦

（3）集齐七贤盖章者，可领取国丝小礼品。

9."中国古代服饰复原研究与实践"研修班

时间：11 月 7 日—11 日

此次研习班是以魏晋南北朝为研究对象，由于大家对出土文物的认知存在多种观点，而服饰的断代又是一个复杂的问题，因此时间上可能略有延伸；复原内容包括结构和制作，具体为打版、排料、绞缬面料的制作、古代制衣的工序、缝制等。根据鉴定结果，也进行染色实践。本次课程的一个重点是北朝绞缬技术的研究与实践，包括手工绞和工具绞。

10. 女红传习馆

（1）走进"国宝档案"现场

活动时间：11月5日 14:00—15:30

活动地点：儿童馆

参与人数：12人

参与对象：7~12岁

参与要求：热爱传统文化，活动当日最好能穿着汉服，需一位家长陪同

活动流程：

①观赏"五星锦"视频

②现场观赏"五星锦"复制品并讲解其背后的故事

③观摩织造表演

④手绘填彩主要纹样，加强课程效果

（2）汉魏印象：北朝服饰制作

活动时间：11月6日 9:30—11:00

活动地点：儿童馆

参与人数：10人

参与对象：10岁以上

参与要求：热爱传统文化，活动当日最好能穿着汉服，需一位家长陪同

活动流程：

①参观"汉晋印象：汉晋南北朝服饰艺术展"

②讲解北朝服饰结构裁剪

③根据古代服饰结构特征裁剪制作一件纸质北朝大袖衫

11. 中法文化交流木瓜协会：汉服节出行

简介：为配合"国丝汉服节"活动，中国丝绸博物馆与中法文化交流木瓜协会实现"杭州——巴黎"双城联动，推出第一届"汉服节出行"活动。

地点：法国巴黎

活动日程：11月5日 赛努奇博物馆"行云流墨：20世纪中国画历史"展览参观

11月6日　传统美食坊：知否·软酪

11月12日　文化分享会（法语）：传统服饰的前世今生

11月13日　传统美食坊：相思·红豆

11月19日　中国古典妆造入门讲座

11月20日　巴黎亚洲艺术博物馆"北京之吻"展览讲解参观（时间视实际情况而定）

11月26日　文化分享会（英语）：传统服饰的前世今生

现场更设置有投壶游戏小活动，不要错过哦！同时也欢迎大家拍摄精彩视频、图片，上传微博带话题#国丝汉服节#发布微博并@中国丝绸博物馆，一起参与互动。

惊喜的是,"竹林七贤"的盖章活动(图1-5)非常受欢迎,园区内处处可见行色匆匆的同袍们在寻找隐藏在各处的"七贤"。某位"七贤"一旦被发现,就迅速被大家包围。在园区内设置的蹴鞠、射箭、投壶等传统小游戏也广受青睐(图1-6~图1-8)。

图1-5 "竹林七贤"盖章活动 　　图1-6 园区置景

图1-7 蹴鞠 　　图1-8 射箭

由于部分嘉宾出行不便,也考虑到现场不能聚集太多人群,此次国丝汉服节中的"展厅导览""专题讲座""银瀚论道"采用了线上直播或视频的方式。

11月5日上午,国丝馆的讲解员为观众讲解汉晋时期的丝绸服饰纹样、汉机如何织造汉锦,同时详细介绍了"汉魏印象:汉晋南北朝服饰艺术展"。该展彩绘俑人物各异,装束丰富多彩,形象生动逼真,是汉代服饰研究的珍贵材料(图1-9~图1-11)。

下午的"专题讲座"由深圳技术大学教授王树金、徐州博物馆社会服务部主任杜益华和南京博物院研究馆员左骏为大家分别带来题为《灿烂的马王堆汉墓服饰》《徐州出土汉晋南北朝陶俑服饰特色赏析》《垂缨腰玉与逆转珠佩响——三国两晋南北朝时期的装身用玉》的讲座（图1-12～图1-15）。王树金教授从湖南长沙马王堆汉墓与墓主人身份、墓中纺织品种类与制作工艺、服装种类与制作工艺等方面介绍马王堆出土汉代服饰，展现出汉代服饰独特的审美及汉代高超的丝绸纺织工艺。杜益华主任从徐州地理地形、两汉时期诸侯王墓等方面介绍徐州出土汉代至南北朝陶俑情况，重点介绍徐州北洞山楚王墓出土彩绘俑、驮蓝山楚王墓出土乐舞俑、南北朝陶俑的服饰特色，以及其体现出来的不同历史时代的风貌。左骏研究馆员先对装身用玉进行了定义，即指佩戴在腰间或是手持的大部分具有礼仪或带有指示性质的玉器，并指出传统的玉佩，更多的是秉承着华夏正统的礼制文明；而从那些制作精巧的宝石工艺品中，则可窥见这个多元文化交融时期的风采以及人们对于装束"美"的重新审视。

目前，汉晋时期保存完整的服饰资料较少，此次文物鉴赏选取了国丝馆馆藏的北朝时期的"绞缬绢衣"，由中国丝绸博物馆传统服饰研究基地主任、温州大学美术

图1-9 讲解员田超琼导览汉晋服饰

图1-10 讲解员盛劲男导览汉机织汉锦

图1-11 讲解员钟红桑导览"汉魏印象：汉晋南北朝服饰艺术展"

图1-12 "专题讲座"主持人、国丝馆党总支副书记周旸

图1-13 王树金《灿烂的马王堆汉墓服饰》

图1-14 杜益华《徐州出土汉晋南北朝陶俑服饰特色赏析》

图1-15 左骏《垂缨腰玉与逆转珠佩响——三国两晋南北朝时期的装身用玉》

与设计学院教授王业宏为大家详细讲解"绞缬绢衣"的结构和裁剪,面料及绞缬技术(图1-16)。这件服饰之前一直是丝路馆常设展中北朝部分的展品,并不是观众们非常喜爱的"网红"文物,但是经过这次王业宏教授的介绍,获得了更加丰富的信息。我们能够感受到绞缬技艺的精美,一针一线皆是古人的智慧。此外,王业宏教授也分析了"汉魏印象:汉晋南北朝服饰艺术展"中的小花纹绮袄。同时,通过现场直播的形式让更多观众"走近"文物,欣赏细节之美。

2022年的国丝汉服节与以往不同,增加了新的内容——"双城汉服节"(图1-17)。杭州和巴黎的双城联动,加强了海外传播,增加了海外华人的民族认同感和自豪感。从11月5日到11月26日,巴黎的汉服爱好者们会穿着汉服走上街头,相继推出传统美食坊、文化分享会、古典妆造讲座等活动。在"汉服之夜"现场,浙江工商大学法语联盟法方校长尼古拉斯表示国丝汉服节成为汉服爱好者和古代服饰研究者互相认识和交流的平台(图1-18)。法国也拥有灿烂的服装和时尚文化,通过汉服节,大家可以共赏服饰之美,共品文化之韵,国丝汉服节也会成为中法文化交流一个绝佳的契机。启动仪式上,浙江省教育厅总督学舒培东对国丝馆进行授牌——"中国政府奖学金来华留学生社会实践与文化体验基地"(图1-19、图1-20)。国丝汉服节为了更好地弘扬、传播中国传统文化和服饰文明,还邀请浙江理工大学的留学

图1-16 王业宏教授讲解"绞缬绢衣"

图1-17 "双城汉服节"——巴黎

图1-18 浙江工商大学法语联盟法方校长尼古拉斯致辞

图1-19 授牌仪式

图1-20 文物局副局长夏丹荷宣布启动

图1-21 留学生朗诵

生参加古诗词朗诵、汉服体验，通过了解中国传统服饰，成为知华、友华、爱华的国际友人（图1-21）。

"汉服之夜"上，各家团队都呈现了极为精彩的表现，带来了绚丽多姿的汉晋时期服饰（图1-22）。褚一坊团队开场《汉晋服饰秀》带来了汉晋香云纱复原服饰展示（图1-23、图1-24）。入时无的情景剧《卫青》，带领观众一起走进"勇惟鹰扬，军如流星"的长平侯卫青的故事（图1-25、图1-26）。雁忘归的《木兰辞》为大家展现南北朝时期的服饰风貌，也激励着无数同木兰一样勇敢、坚韧、

图1-22 "汉服之夜"主持人孙曦轩

图1-23 褚一坊《汉晋服饰秀》（1）

图1-24 褚一坊《汉晋服饰秀》（2）

充满爱与力量的女性（图1-27、图1-28）。上遥居、如是观团队带来的《南北朝服饰秀》为大家展示了这一时期独特的审美（图1-29~图1-32）。乔织团队的情景剧《凉州故事》带领大家走进一位来自骆驼城的东汉女子罗敷以及她的回忆（图1-33、图1-34）。邈邈阁、汉服长春、衔鱼录、泡泡汉服团队带来的《画中霓裳》选取了汉晋时期的若干经典形象，进行了着装层次或整体穿搭的复原展示（图1-35、图1-36）。最后，装束复原的《中国服饰简史·秦汉魏晋篇》结合出土文物和文献史料为观众详细讲解了从秦汉到魏晋的中华服饰演变（图1-37）。

图1-25　入时无《卫青》（1）

图1-26　入时无《卫青》（2）

图1-27　雁忘归《木兰辞》（1）

图1-28　雁忘归《木兰辞》（2）

图1-29　上遥居《南北朝服饰秀》（1）

图1-30　上遥居《南北朝服饰秀》（2）

图 1-31　如是观《南北朝服饰秀》（1）

图 1-32　如是观《南北朝服饰秀》（2）

图 1-33　乔织《凉州故事》（1）

图 1-34　乔织《凉州故事》（2）

图 1-35　邋邋阁、汉服长春、衔鱼录、泡泡汉服《画中霓裳》（1）

图 1-36　邋邋阁、汉服长春、衔鱼录、泡泡汉服《画中霓裳》（2）

　　2022 年"银瀚论道"的主题是"汉服——连接传统与当下"，我们邀请了5位讲述者结合自身研究做分享（图1-38）。传统服饰相关自媒体人蝈蝈的主题是《以古循今——面向当代的传统服饰设计与搭配》，她从设计师的角度分享了一些搭配，同时提出在传统服饰设计中也要尽可能地创新，让古老的服装形制在当代焕发出新的活力（图

图 1-37　装束复原《中国服饰简史·秦汉魏晋篇》

第一章
国丝汉服节纪实

15

图1-38 "银瀚论道"主持人钟红桑

图1-39 蝈蝈《以古循今——面向当代的传统服饰设计与搭配》

图1-40 阿时《最是人间烟火气——传统美学的网络传播》

1-39）。传统服饰历史爱好者阿时演讲的内容是《最是人间烟火气——传统美学的网络传播》（图1-40）。她的理念为人人都有感受美的能力，以爱好汉服、拍摄汉服为主题的视频是将人间烟火的传统之美传递给大众的过程。履楼志统筹及服装设计、鱼汤传统服饰主理人鱼汤的主题为《山川人物——历史服饰文化考证成果的活化呈现》，展示了履楼志团队如何将考古成果活化呈现，从大场景到细小的服饰纹样，向观众展示出传统审美的风貌（图1-41）。汉服摄影师周璇的主题是《传统民俗风物的摄影语言表达——我如何理解千年前的"我"》（图1-42）。她结合自身实践，分享了一套完整平面创作是如何构架画面重点，从群像创作举例，群像包含灵感的选择、重要道具的制作、丰富画面人物设定等。南宋文化学者李飞《风雅精致的宋韵生活：南宋往事，临安人的一天》介绍了南宋临安城的概况，临安人的四时风雅（图1-43）。

11月6日下午的"国产植物染料"主题分享会主要集中分享在天然染料研究、应用与开发领域的成果和经验（图1-44）。会议邀请了诸多染色染料领域的学者来介绍他们的研究成果。

在"汉晋风流"活动期间，国丝馆还联合都市快报橙柿互动，共同为萌娃们打造了专属的"汉服体验"活动（图1-45）。11月6日上午，萌娃们在儿童馆的特色手工作坊，用剪刀、胶水和卡纸，在手工老师指导下制作了一

图1-41 鱼汤《山川人物——历史服饰文化考证成果的活化呈现》

图 1-42　周璇《传统民俗风物的摄影语言表达——我如何理解千年前的"我"》

图 1-43　李飞《风雅精致的宋韵生活：南宋往事，临安人的一天》

图 1-44　"国产植物染料"主题分享会

图 1-45　儿童汉服体验

第一章
国丝汉服节纪实

17

图1-46 儿童馆手工活动体验

件件漂亮的小汉服（图1-46）。在经过简单排练之后，萌娃们身穿原创国风童装汉服完成了一场红毯汉服秀。不少小朋友的家长表示，虽然这是孩子们第一次走红毯，但这种体验传统文化的机会很难得。

以朝代为主题的国丝汉服节到此就结束了（图1-47）。这五年来，国丝汉服节从服装的复原精美程度到情景的表现等方面都越来越专业，越来越好。有人在猜测，汉晋主题之后，国丝汉服节是不是要再往前做先秦甚至原始时期的内容呢？其实，国丝汉服节是一个平台，需要诸多汉服同袍共同来完成，先秦时期终究太过遥远，可参考的服饰资料也很少，无法撑起一个完整的活动。正所谓，"衣食住行"衣为首，服饰是体现文化非常好的载体。汉服从来不只是一件衣服，它的背后是极为璀璨的中国优秀传统文化。所以在下一个五年，国丝汉服节将去往更加广阔的"星辰大海"，希望它能够真正配得上"让文物活起来，让生活更美好"这句话！

图1-47 "汉服之夜"合影

第二章

展厅导览

第一节
汉晋服饰

田超琼

魏晋南北朝是中国史上一个大碰撞、大融合的重要历史阶段，特别是随着丝绸之路上东西文化交流的日益频繁，使得文化、艺术、技术等方面都有了很大发展。这种现象反映在丝绸上，就是为秦汉以来的传统丝绸技术体系注入了许多西方元素，使中国丝绸进入了一个大转折的历史时期。

"长葆子孙"锦缘绢衣裤

图 2-1 "长葆子孙"锦缘绢衣裤

此件锦缘绢衣和锦缘绢裤为一套（图2-1），其中锦缘绢衣的正身由本色素绢制成，其袖口、下摆及衣襟处使用红地"长葆子孙"锦镶缝作缘；锦缘绢裤正身亦由本色素绢制成，裤脚镶缝蓝地"长葆子孙"锦作缘，形制较为完整。此套服装的款式与新疆尼雅遗址八号墓出土精绝国王所穿之锦缘褐袍及锦缘布裤十分类似，而从其所用锦缘来看，其组织结构均采用了汉代典型的经重平组织，图案的云气动物和铭文也具有典型的汉代风格。

紫褐绢锦缘马面及障泥

南北朝时期在骑兵中流行一种装备，称为"甲骑具装"。其中，人铠称为"甲骑"，马铠称为"具装"，是当时战场上最具战斗力的精锐部队所用装备。此种丝质的马面在日常及作战中非常少见，或为仪仗用品。

图2-2~图2-4为一套马具，当时南北朝时期打仗是需要全身披甲的，

图 2-2　紫褐绢锦缘马面及障泥（1） 　　图 2-3　紫褐绢锦缘马面及障泥（2） 　　图 2-4　紫褐绢锦缘马面及障泥（3）

人和马都需要全套的盔甲。马的铠甲里也会有一些丝织品或者纺织品，起到保护作用。此套马具边缘都围上了锦边，应该是仪仗用品。

联珠对饮纹锦袍

随着丝绸之路上文化的不断交流，西方各种织物设计图案和中原的织物制造工艺开始发生碰撞。联珠对饮纹锦袍出自西北地区，圆领、窄袖，是少数民族——胡人的服装类型（图 2-5）。它的面料比较珍贵，通件都用锦，可以说是寸锦寸金。此件锦袍上布满了呈封闭圆形的联珠团窠纹，十分精美。

图 2-6 中的团窠纹内有两种不同类型的人物形象。一种是对饮人物，穿着紧身窄袍、长脚靴子，从人物形貌推测可能是胡人。他们手中所拿的高足杯和中间的酒坛也是西方流行的器物。另一种是托腮者，也是身着紧身长袍，似是坐在马扎上。

图 2-5　联珠对饮纹锦袍 　　　　　　　　图 2-6　联珠对饮纹锦袍（局部）

莲花狮象纹锦

图 2-7 是一件北朝时期的织物，上面有狮子和大象的纹样。狮子原产于中亚、西亚、非洲等地，主要常见于古波斯的艺术题材中。中原本没有狮子，在汉代时有周边国家进贡狮子给中国。在汉地织锦中看到狮子的图案，

图 2-7　莲花狮象纹锦

这主要归功于魏晋时期大畅通的丝绸之路。在汉晋时期，大象也不是中国特产，反而在东南亚特别多，比如印度打仗的时候，最强大的部队往往骑着大象作战。

纹锦上狮子尾巴上翘，但形态和我们今天在动物园看到的并不相同。因为当时虽有狮子，但并不多见，它更多是当时人们对外来物四脚兽的想象。在大象和狮子中间可以看到"大吉""王""宜"等文字。在图案空隙处织入汉字是汉地织锦常用的表现手法。这些汉字都表达了人们吉祥的祝愿。

生命树与树叶纹锦（图 2-8）

生命树是一种古老植物崇拜的遗存，世界各地均有，但西亚犹盛，据说在波斯为云杉，在中国为桑。波斯艺术中的生命树纹样，常用作两个动物对称的中心轴，而生命树在中国丝绸上出现最早的实例是新疆吐鲁番出土的北朝羊树锦。由于生命树较大，不易表现，有时亦用一片树叶来代替。在埃及安丁诺出土的 4—6 世纪的波斯锦中就有不少用植物叶子作为主题纹样，新疆阿斯塔那古墓群也出土了大量的树叶锦，明显是受到西域风格的影响，其叶柄上的绶带更是有力的证据。

树叶纹锦鸡鸣枕

此件锦枕以树叶纹锦制成，采用平纹经重组织织造，其中蓝、白两色经线间隔排列，其上用红色经线显花（图 2-9）。锦枕两头上翘，形如公鸡，称为鸡鸣枕，以表示睡时可以听到鸡鸣而醒来的意思。此类树叶图案应是受了西方艺术风格的影响，在北朝时期得以较广泛的流行，在吐鲁番出土的 6 世纪文书中也有"树叶锦"名称的明确记载，当指此类织锦。

图 2-8　生命树与树叶纹锦　　图 2-9　树叶纹锦鸡鸣枕

第二节
汉机织汉锦

盛劲男

　　2009年9月28日,"中国蚕桑丝织技艺"被联合国教科文组织列入人类非物质文化遗产代表作名录。在众多的传统技艺中,中国古代织机和织造技术无疑是重要的组成部分。汉代是历史上非常繁盛的一个年代,其中最明显的就是纺织业的长足进步。丝绸已不再是上层社会的专属,逐渐普及到民间,在人们生活中所占的比重也不断增加,正所谓"一女不织或受之寒"。那么如何复原2000多年前的汉锦织造工艺呢?欲织汉锦,需有汉机。

　　四川成都老官山汉墓织机是中国目前发现的唯一具有明确纪年的完整汉代织机模型,也是世界上最早的提花织机(图2-10)。这台织机,就相当于一台汉代的计算机。我们常说的"神机妙算"一词,最是贴切。"神机"是指织机本身,也就是硬件,"妙算"则是指与织机配套的程序,偏重于软件,只有当两者完美结合在一起,才能够织出华美的锦缎。有了硬件和软件以后,汉机织汉锦就呼之欲出了。

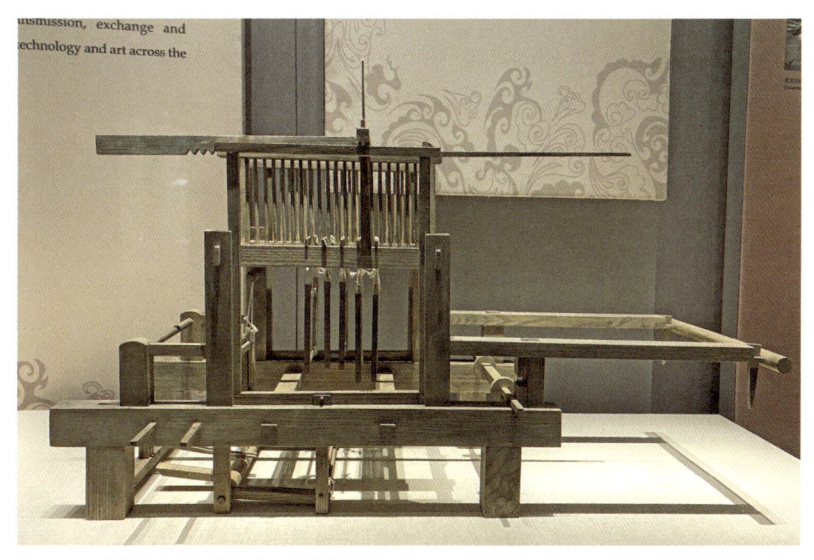

图2-10　成都老官山汉墓织机(复制品)

"五星出东方利中国"锦护膊出土于新疆尼雅遗址,是国家一级文物,也是中国最早被禁止出境展览的文物之一(图2-11)。它是从一个整幅的汉锦面料中裁剪出来的,文字和图案并不完整。在其他类似丝绸残片的帮助下,中国丝绸博物馆的研究团队像拼图一样,最终将这匹汉锦进行完整的文字和图案复原。

复原的效果十分很震撼——画面左右对称,五色绚烂,云气缭绕,云中奔腾着白虎、麒麟、鸾鸟、凤凰,堪称汉锦之最(图2-12)。最令人称奇的是从右到左以汉隶织出的21个字,"五星出东方利中国诛南羌四夷服单于降与天无极",也许记录的是一件军国大事,大战在即,天佑中华,四海来服,江山永固。同样的记载也曾经出现在《史记》中:"五星分天之中,积于东方,中国利。"在2000多年前的汉锦上,竟然可以织出一段我们今天的人也能读懂并引发共鸣的汉字,也体现了文化的一脉相承。

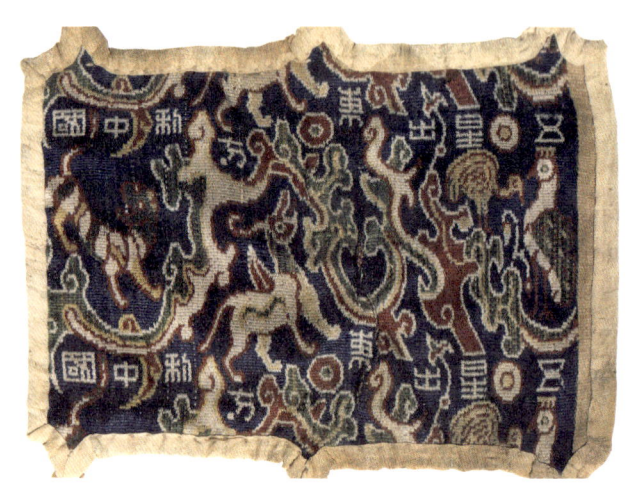

图2-11 "五星出东方利中国"锦护膊

图2-12 "五星出东方利中国"锦复制品

国丝馆按照成都老官山汉墓织机模型,以6:1的比例打造了可以实际操作的原大织机。这台汉代勾综提花机一共有86片综片,即84片花综,2片地综(图2-13),历经一年多的时间完成了错综复杂、丝丝入箱的穿综工作。复杂的穿综工作结束后,进行织造,最终成功复制出"五星出东方利中国"锦。

"五星出东方利中国"锦采用5种色彩的丝线,完整幅宽大约在48厘米左右,幅面上一共有10470根经线,纬向循环有84根纬线,这就意味着在幅面宽度上的每厘米要排布220根经线。这是目前发现的经线密度最大的织锦,经线密度大就意味着织造难度大,当然织锦就更加高档。

此锦的组织结构是1:4平纹经重组织(图2-14)。所以目前看到的织物,每根颜色的丝线下面都压着另外4种颜色的丝线。当然,这些丝线的呈现规律都是事先设计好的,并不是随机排布的。

如果采用一种简单的数学模型对这10470根经线进行标记,就可以将之分

图 2-13　汉代勾综提花机　　　　　　　　　图 2-14　机织上的经线

成两种状态。出现在最上层的彩色丝线标记为 1，压在下层的其他 4 种彩色丝线的状态均标记为 0，10470 根丝线穿过 84 片综片，就在二进制的语境下形成一个拥有 900 多万交织点的矩阵，这是这个预先设定的交织矩阵，构成五星锦的提花程序。如果换成当下 IT 行业的说法，完成此项工作的就是"程序猿"。

既然有了程序，还需要很多前期的准备工作，比如穿经线，整个过程是十分费心费力的。这就相当于现在的电脑工程师，将一些操作软件安装到新买的电脑中。完成这些后，最终的接力棒就落到了操作员的手里，就是织工（图 2-15）。

织工操作提花织机只需要四个步骤。第一步是操作横杆，选择综片，每一次操作，只需将横杆移动一格，就能换一片综片（图 2-16）。第二步是踩下踏板，可以把相应的综片升起来，综片带动五色经丝或升或降，就像张开一个大口，这时，织工只需要用梭子将一根纬丝"喂"进口子里，最后"打纬"，即将纬线打紧。这四个动作重复两百多次，就能织出"五星出东方利中国"锦的纹样。

灵机一动，锦缎自来。织机里藏着程序，体现了古人超凡的智慧。2000 多年前，中国发明了世界最早的提花织机，凭借独步天下的织造技术，生产出华美异常的五色汉锦，并沿着丝绸之路向外传播，以一种柔美的力量，向世界文明做出重要贡献。这就是丝绸的魅力！

图 2-15　汉机织汉锦　　　　　　　　　图 2-16　操作横杆

第三节
"汉魏印象：汉晋南北朝服饰艺术展"导览

钟红桑

自第三届"国丝汉服节：宋之雅韵"开始，国丝馆都会相应设计配套的展览，旨在为广大观众提供更多更全面的服饰类相关文物信息。配合2022年的主题，我们特别策划了"汉魏印象：汉晋南北朝服饰艺术展"（图2-17、图2-18）。本次展品由徐州博物馆收藏的彩绘陶俑和中国丝绸博物馆收藏的纺织服饰组成。彩绘俑人物角色各异，装束丰富多彩，形象生动逼真，能让我们在欣赏彩绘俑的艺术特色的同时，从另一侧面了解汉代服饰。

徐州北洞山楚王墓

楚国是西汉时期重要的诸侯王国，刘邦封其异母弟刘交为楚王，定都彭城（现今徐州市）。其后历11位楚王，至西汉末年国除。对于北洞山楚王的身份，有诸多争议，随着考古发掘和研究的不断深入，目前基本可以确定该墓墓主为第四代楚王刘礼。该墓惨遭盗掘，但墓道两侧的7个壁龛则幸运地保留了下来，内共出土彩绘仪卫陶俑224件，有执兵俑、背箭箙俑和执笏

图2-17 "汉魏印象"展览海报　　图2-18 "汉魏印象"展览

俑。陶俑服饰色彩丰富多样，衣纹线条流畅飘逸，是我国迄今发现汉代色彩保存非常好的彩绘俑群。

彩绘陶背箭箙俑

此组背箭箙俑，戴冠，冠能遮住耳廓以上，黑色冠带自耳上鬓角直至颔下（图2-19、图2-20）。其中两俑穿深衣，另两俑穿双襟袍，箭箙通过腋下和左肩的三根带子固定，系结于胸前，形成三角形背带，便于背负和奔跑。俑的里衣领均为红色，与汉阳陵陶俑相同，可能包含了为墓主人着丧服的含义。俑的双脚着双尖翘首履，其形制与长沙马王堆一号汉墓出土的青丝履类同。并且，俑皆朱唇，唇下有"八"字和"一"字等撮须，也反映出汉代男性亦有傅粉施朱的习俗。

还有相当数量彩绘陶俑所佩绶带下端有墨书"郎中"或"中郎"印（图2-21）。郎中，亦廊中，指宫廷之廊，战国即设，秦设郎中令，"掌宫廷掖门户"。因此，这批彩绘陶俑都应是楚王的宿卫侍从。

"岁大孰常葆子孙息兄弟茂盛"锦

汉代踏板提花机的使用迅速地提高了生产技术和生产力，并极大丰富了丝绸品种，比如在锦上织入汉字，就是当时的一大特色。图2-22这件织物可能是一件袖口，由两种锦拼成：一种是连壁兽纹锦；另一种是织有"岁大孰常葆子孙息兄弟茂盛"字样的云气神兽纹锦。

锦是中国古代丝绸品类中最为贵重的一种，从字形即可得知，锦由金字旁和帛字组成。帛是当时丝织品的总称，而金的偏旁意为"作之用功重，其价如金"，因此在古时"唯尊者得服之"。锦之所以珍贵，是因为它的生产工艺十分复杂，织彩为文才为锦。

这类云气神兽纹属于典型的汉式云气动物纹。当时的人们崇尚修仙养生，向往神仙世界，纹样中的云气和神兽表现的即是想象中的天上仙境。大

图2-19 彩绘陶背箭箙俑　　　图2-20 背箭箙俑背面　　　图2-21 "郎中"印

家或许很难辨别出动物的种类，甚至云纹也跟今天的云纹不同。这是因为当时的审美受到楚地的影响，图案比较抽象，线条婉转而流畅，非常浪漫，具有别样的美感。在图案里填充汉字铭文是汉锦中极为流行的装饰。这些文字都代表着人们对美好生活的向往。如这句"岁大孰常葆子孙息兄弟茂盛"意为期盼丰收，期望子孙兄弟长命富贵。

狮子山楚王墓

图 2-22 "岁大孰常葆子孙息兄弟茂盛"锦

狮子山楚王墓的墓主是第三代楚王——刘戊。狮子山楚王墓的特色是出土了兵马俑，是继秦始皇兵马俑和杨家湾兵马俑之后的第三批重大发现。墓中共有 6 条兵马俑坑，共同形成一个建制完备、相辅相成的楚国军阵。墓中共出土陶俑 4000 余件，有军吏俑、步兵俑、车兵俑、骑兵俑和陶马俑等。为什么一个诸侯王能够拥有兵马俑呢？在西汉初年时期，为了吸取秦二世而亡的教训，改变秦王朝权力完全集中于中央的局面，增强地方的权力，实行"地方分权的郡国并存制"，因此，地方的诸侯王也会有军队，他们的职能是戍守王都，保卫并守护封国内的社会治安。这批陶俑通高不足 50 厘米，虽不及秦兵马俑那般气势恢宏，但反而有小巧典雅之美。

陶跽坐驭手俑

这尊俑直腰端坐，状似左手握缰绳，右手持鞭作驭车，与秦始皇陵中的驭手俑形象非常相似，应为战车上的驭手俑（图 2-23）。这些陶俑身子神态各异，可谓千人千面。一般来说，制作陶俑有三种基本方法：一种是捏塑法，比如天津泥人张就采用这种方法，适合制作体积较小的泥人；一种是适合制作体积较大陶俑的泥条盘筑法，如秦兵马俑；还有一种是狮子山楚王墓这批陶俑使用的模制法，像制作青铜器一样，楚国工匠使用合模法，制作一批模具，再批量生产，逐个安装成不同的俑，最后进行单个彩绘刻画。比

图 2-23 陶跽坐驭手俑

图 2-24　绞缬绢衣

如这尊俑的头部和身躯就是分开烧制，颈脖下端做成圆锥体形，正好插入身躯颈部事先留出的孔内。这种方法比捏塑法严谨，比泥条盘筑法省力，既能实现队伍的"整齐划一"，又各有神韵，生动精彩。

绞缬绢衣

此服饰款式为对襟，直领，两襟微微相交，喇叭形宽袖，衣襟上有红、褐两根系带（图 2-24）。推测可能是南北朝时期流行的褶衣，下面可搭配裤或裙（图 2-25）。衣身面料采用褐地绞缬绢。缬是中国古代丝绸印花的总称。绞缬，即今天的扎染。它的制作方法是按照预先设计好的图案，用线扎结或缝钉，再放入染缸中浸染，被扎结的部分染料进不去，染好拆开来就会有花纹。这样的捆扎并不能完全防染，所以在花纹边界会形成自然的晕色效果。但是这件北朝的绞缬绢衣，几乎看不到明显的晕色，满地的点状花纹直径不足 1 厘米，密度极高。在制衣排版时，点状花纹又能精密地对上，制作工艺可谓极其之高。

小花纹绮袄

这件服饰款式为右衽，窄袖，下接腰襕两侧打有 7 个褶子（图 2-26）。此类服装从北朝一直流行到唐代，推测可能属于长袖，穿在中间层。这件服饰由两种面料制成，上半身面料为褐色绮，这是一种平纹地上起斜纹花的组织结构（图 2-27）。主体图案以交波套环为骨架，填以小花卉纹样（图 2-28）；腰襕

图 2-25　身着褶衣的俑

图 2-26　小花纹绮袄

图 2-27　褐色绮

图 2-28　交波套环纹

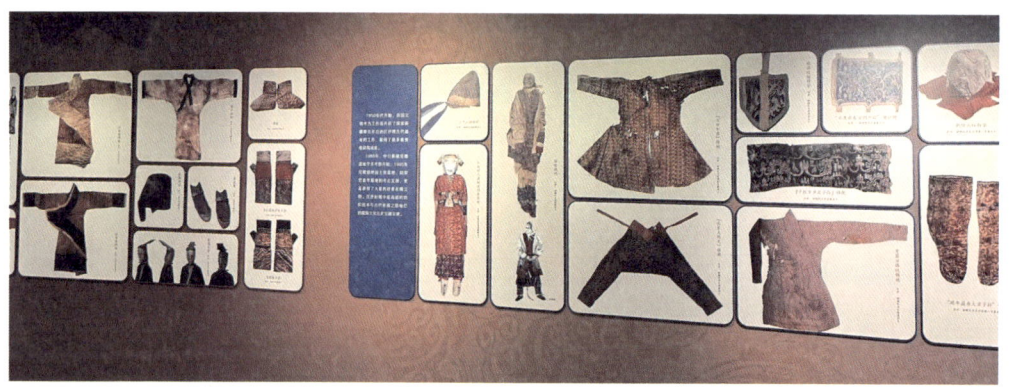

图 2-29　汉魏服饰考古发现

的面料采用黄色几何纹绮，图案隐约可见山形曲折线，连绵不断。从面料的纤维特征、组织结构、纹样风格上看，都极具北朝流行特色。

到目前为止，汉魏服饰的重大考古发现主要是两个地区（图 2-29）。一是长沙马王堆，考古挖掘了 3 座西汉初期长沙国丞相利苍及其家属的墓葬，出土了一批保存完好的纺织服饰，有袍、裙、禅衣、冠帽、鞋袜、手套、枕、香囊、丝织面料等，种类丰富，工艺精湛，为我们研究汉代以及中国纺织服装史提供了极为珍贵的实物资料。二是新疆维吾尔自治区，比如尼雅精绝国王室墓地、尉犁营盘等墓地的考古发现，获得了大量的珍贵丝绸文物，而且得益于新疆干燥的气候，这些汉晋时期的丝绸服饰都保留了鲜艳的色彩，更加鲜明地体现出当时中原高超的纺织技术以及古代丝绸之路灿烂的服饰文化在此交融呈现。

第三章 专题讲座

第一节
灿烂的马王堆汉墓服饰

王树金

  1972—1974 年发掘的湖南长沙马王堆汉墓，在中国考古学界、史学界影响深远。著名历史学家、古文字学家李学勤先生评价说："重大的考古发现应当对人们认识古代历史起重要影响，改变大家心目中一个时代、一种文化以至一个民族的历史面貌。只有这样，才称得上是必须载入考古史册。"而马王堆汉墓出土有"完好无损的古尸，成组成套的物品，内容珍秘的帛书、竹简……如今三者兼有，在中国考古史上尚没有其他例子。"

  在汉代，随着社会的稳定、农业、手工业与商业的迅速发展，汉代的丝织品种、质量、技艺得以全面提升。伴随着著名的"丝绸之路"的开通，中国丝织品开始得以传向四面八方，使当时世界上许多文明古国的贵族们以穿戴中国产的丝织衣物为骄傲，"丝国"的称号开始扬名世界。美国人薛爱华在《人类的伟大时代：古代中国》一书中讲道："育蚕缫丝是古代中国人的另一发明，在人类历史上，中国人单独地掌握着育蚕缫丝的秘密，前后约千年之久。在这段时间中，只有中国人知道怎样采桑育蚕，以及在蚕茧成熟即将化为飞蛾之前，怎样煮茧抽丝。而且也只有中国人知道，怎样将很长的和有弹性的丝捻成细纱，增加它的韧力，用以织造光彩华丽的绸缎，最后制成美观悦目的衣服。"然而由于丝绸为有机质，先秦及秦汉时期的纺织品非常难保存。幸运的是，1972—1974 年，湖南长沙市郊马王堆发掘了西汉初期的 3 座墓葬，出土了一大批服饰实物与原料。虽经历 2000 多年，但其保存之完整、品种之丰富、工艺之精湛、色泽之鲜艳，都反映出古代劳动人民的精湛技术和高超水平。

马王堆汉墓概况

  马王堆位于湖南长沙市区东部浏阳河畔高约 15 米的台地上，因地面残存两个东西相连的封土堆，型似马鞍（图 3-1），加之曾被认为是五代时统治湖南的楚王马殷及其家族的墓地，故名"马王堆"。1951 年，中国科学院考古研究所考古学家夏鼐对马王堆两土堆进行调查，断定其为西汉墓葬。

  1972 年 1 月至 4 月，马王堆一号墓发掘完工，该墓未被盗扰，层层棺

图 3-1　湖南长沙马王堆汉墓

椁、随葬品保存非常完整（图 3-2），共出土各类珍贵文物 1000 多件，尤其是数量众多的丝织品、保存完好的辛追遗体更是震惊世界，就文物的保护、研究、展示等系列事项，周恩来、李先念、华国锋等国家领导人亲自批示，其中，周总理的批示达 5 次之多。从出土梳妆用品、"妾辛追"印、"轪侯家丞"封泥（图 3-3）、漆器上的"轪侯家"铭文和 T 形帛画墓主人形象（图 3-4）等看，墓主人是年近半百、名为辛追的轪侯夫人。

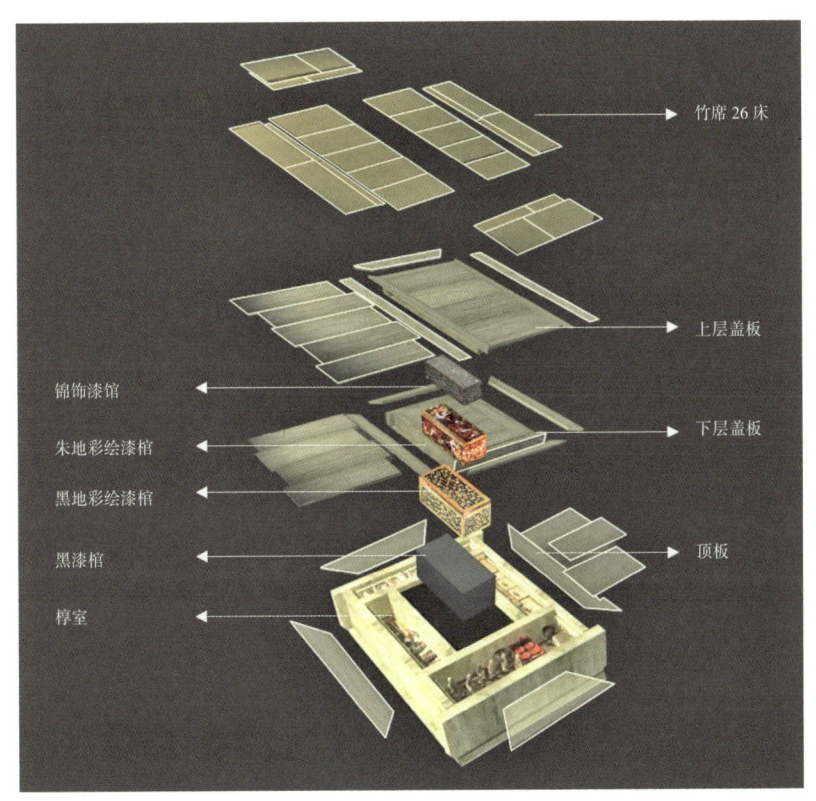

图中标注：
- 竹席 26 床
- 上层盖板
- 锦饰漆棺
- 朱地彩绘漆棺
- 黑地彩绘漆棺
- 下层盖板
- 黑漆棺
- 顶板
- 椁室

图 3-2　马王堆一号墓棺椁解剖图

图 3-3　马王堆一号墓出土文物（1） 　　　　　图 3-4　马王堆一号墓出土文物（2）

图 3-5　纪年木牍

第二个被发掘的三号墓，据纪年木牍（图 3-5）记载其下葬年代为汉文帝前元十二年（公元前 168 年）。根据出土各式兵器、兵器架（图 3-6）、军用《长沙国南部地形图》与《驻军图》、尸体骨骼、帛画墓主人形象（图 3-7）、"軑侯家丞"封泥、漆器上的"軑侯家"铭文等综合判断，墓主人为軑侯家的一位年约 30 的将军，与辛追年龄上属于母子关系。

最后发掘的二号墓，出土了 3 枚印章："利苍"玉印、"长沙丞相"铜印、"軑侯之印"铜印（图 3-8），及"軑侯家丞"封泥，标明墓主人利苍官拜长沙国丞相，被封为軑侯，史载他死于公元前 186 年。由此可知 3 座墓葬是利苍、其妻子辛追和其儿子的家族墓地。其中，一号墓、三号墓出土了大量纺织品与完整的衣物。

图 3-6　马王堆三号墓出土兵器架 　　图 3-7　马王堆三号墓出土帛画（局部） 　　图 3-8　马王堆二号墓出土印章

纺织品种类与制作工艺

秦汉时期,纺织技术较前代更为发展,各种纺织品的质量和数量都有很大提高,尤其是汉代,在继承战国传统的基础上有着飞跃的发展,染织的品种增多,不仅能织出精美多样的花纹,而且染织技术也有较高的水平。染织工艺的进步是汉代服装质量得以提高的基础。

从全国汉墓出土情况来看,马王堆汉墓最具代表性,犹如一座地下丝绸宝库,出土数量众多、保存状况好、色彩绚丽、工艺精湛。3座墓葬出土除帛书、帛画(图3-9)、地图、麻织品、着衣木俑(图3-10)、包裹逝者遗体的衣衾、盛放各类器物的囊袋,以及乐器、兵器、竹熏罩、莞席、竹扇、漆奁、内棺等附属性丝织品外,还有盛放在竹笥里的相对完整的衣物(图3-11)、73卷单幅丝织品。其中一号墓竹笥内成衣17件(图3-12),单幅衣料46幅;三号墓竹笥内出土单幅衣料27幅,东112号、西19号竹笥内存放着丝绵袍、夹服、裙、绢服等衣物,而具体名称与数量因腐朽严重不得而知。

总体来看,这批纺织品种类丰富,包括绢类、方孔纱、罗类、绮类、经锦、绒圈锦、绦、组带、金银泥印花纱、印花敷彩纱、信期绣、长寿绣、乘云绣等,反映了汉代丝织品在缲丝、织造、印染、刺绣、图案设计方面达到

图3-9 T型帛画　　图3-10 着衣女侍俑　　图3-11 盛有衣物的竹笥

序号	名称与出土方位编号
1	褐色菱纹罗地"信期绣"丝绵袍(329—10)
2	绛紫色"长寿绣"丝绵袍(357—3)
3	褐色菱纹罗绮绵袍(357—1)
4	白色菱纹罗绵袍(357—4)
5	朱色菱纹罗丝绵袍(329—8)
6	黄纱地印花彩绵袍(329—12)
7	赭黄色地印花敷彩纱绵袍(329—13)
8	绛紫菱纹罗"信期绣"夹袍(437)
9	茶黄菱纹罗"信期绣"丝绵袍(329—11)
10	褐色菱纹罗"信期绣"丝绵袍(357—2)
11	绛红纱地印花敷彩丝绵袍(329—14)
12	褐色纨袍(329—7)
13	素纱禅衣(329—5)
14	素纱禅衣(329—6)
15	白纨禅衣(329—9)
16	绛紫色绢单裙(329—1)
17	银褐色绢单裙(329—2)

图3-12 马王堆一号墓竹笥内17件成衣

的高度。可以看出，汉代丝织已朝着技能专业化方向迈进，工艺日益复杂，技能分工更加细化，从缫丝、捻丝、纺线，到织、印、染、绣，每个环节都开始发展出日益复杂的专业技能，以及相应的专用工具和设备、材料。李约瑟博士认为，西方的提花机是从中国传去的，使用时间比中国晚4个世纪。

纱

纱是一种纤细、稀疏方孔、轻盈的平纹丝织物。马王堆汉墓出土了3幅藕色纱、2件素纱襌衣、2幅泥金银印花纱、1件漆纚纱冠、1幅印花敷彩纱、1幅褐色纱。

马王堆一号墓出土的藕色方孔纱（图3-13），为竹笥中盛放的单幅衣料。整体来看，这种"纱"在汉初属于一种使用范围小、质量较好的织物，反映了西汉工匠在缫丝、织造、煮练等方面的技术都已达到较高水平。

一号墓出土的印花敷彩纱（图3-14），是迄今发现最早的印花和彩绘相结合的丝织物。通幅印、绘20组变形藤本植物纹样，其枝蔓为印花，蓓蕾、花穗及叶子则彩绘而成（图3-15）。

金银色火焰纹印花纱（图3-16）是迄今发现最早的3版套印印花丝织物。因金、银均可研碎成极细小的粉末，调胶后呈泥状，称为泥金、泥银。其图案由均匀细密的曲线和一些小圆点组成，曲线为银灰色和银白色，小圆点为金色或朱红色。图案的外廓略作菱形，每个单位长6.1厘米、宽3.7厘米，错综连续排列，通幅共有图案单位13个。图案线条分布细密，间隔不足1毫米；无溃版胀线情形；交叉连接较多，无断纹现象。经过模拟实验证实，其纹饰是用雕刻凸版套印的。用长宽各2.8厘米的"个"形纹、4.3厘

图3-13 藕色方孔纱

图3-15 印花敷彩示意图

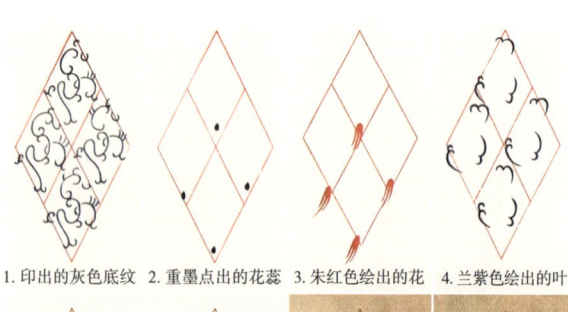

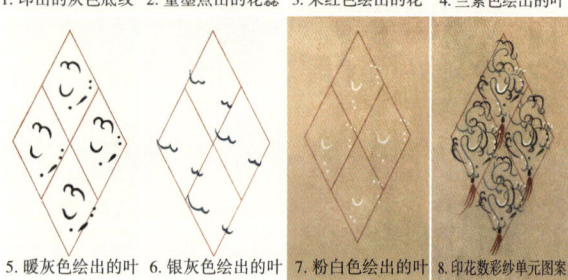

1. 印出的灰色底纹　2. 重墨点出的花蕊　3. 朱红色绘出的花　4. 兰紫色绘出的叶

5. 暖灰色绘出的叶　6. 银灰色绘出的叶　7. 粉白色绘出的叶　8. 印花敷彩纱单元图案

图3-14 印花敷彩纱

图 3-16　金银色火焰纹印花纱

米 ×3.5 厘米的多条曲线组成的花纹以及 3.5 厘米 ×2.8 厘米的圆点纹戳印，分 3 步套印而成（图 3-17）：第一步用"个"字形纹戳印成银白色的长六角形网眼，即所谓"龟背骨架"；第二步，在网眼内套印由银灰色曲线组成的花纹；第三步，套印金色或朱红色的圆点纹。按这种纱的幅宽推算，每米大约印有图案单位 430 个，每个单位套印 3 版，即达 1290 次，其印制难度可想而知。1983 年，广东广州西汉南越王墓出土了由大小 2 件凸版组成的凸纹印花版，背面均有穿孔的小钮用以穿绳，便于执握。大的为主纹版，纹样形

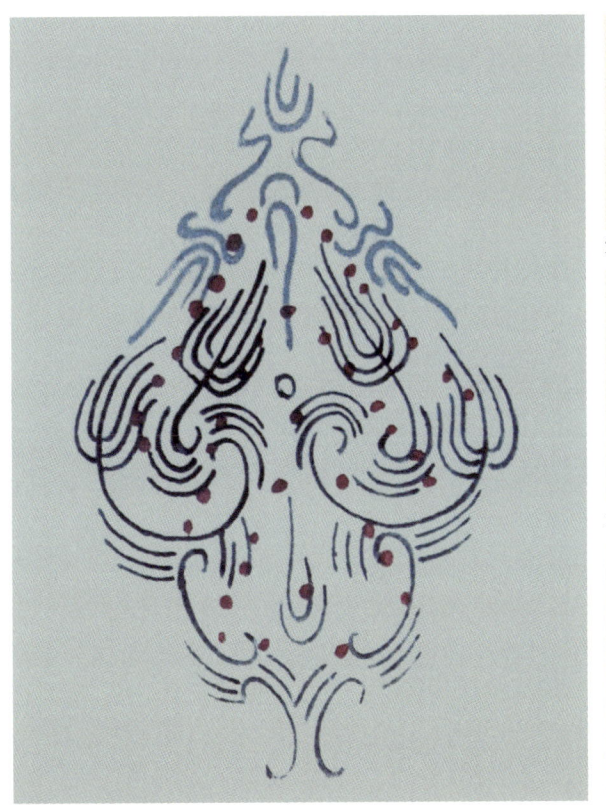

第一版："个"字形印版

第二版：火焰纹印版

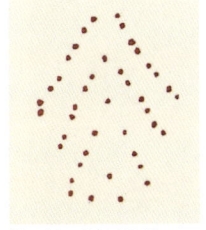

第三版：迭山形印版

图 3-17　印花示意图

如火焰；小的为定位版，纹样像一个"人"字。出土时，它的周围有大量的碳化丝织物，纹样与版模一致。其与金银色火焰纹印花纱的纹样特点几乎同出一辙，印证了其为凸纹版印花的可靠性。

史书上称绘画图案的衣服为"画衣"，如《周礼·内司服》："掌王后之六服。"郑注："袆衣，画衣也。"《尚书·益稷》："予欲观古人之象，日、月、星辰、山、龙、华虫，作会。"郑注："会读为绘，……凡画者为绘。"而这种服装上的图案纹样用笔彩绘的做法，一直让人十分怀疑。清人宋绵初《释服》云："未闻衣服用画者也。"长沙马王堆汉墓出土的3件印花敷彩纱丝绵袍、印花敷彩纱丝残片、泥金银印花纱，证实了有关"画衣""画文"文献记载的可靠性，而且我们还可以看到，印花敷彩纱丝、泥金银印花纱两种面料，不仅采用了彩绘工艺，还有印花技术与之相结合来完成服装上的纹样图案。这种工艺制作的服装面料比较复杂、费时费工，应该是专门为高级别的贵族妇女所着服装而制作的一种华丽时装面料。

罗

罗是一种绞经组织的透孔丝织物。朱色菱纹罗（图3-18），用朱砂刮染而成。该菱纹罗织造工艺复杂，用于衣服的罗绮多较细密，每厘米经丝一般为100~120根，纬丝为35~40根。上机时需要有提花束综装置和绞经综装置相配合，并需二人协同操作：一人专司绞综和下口综踏木，并投杆工作，另一人专司挽花，才能织成这种罗孔清晰、花地分明的菱纹罗绮。菱形图案形似耳杯，纹为纵向瘦长菱形，虚实相间（图3-19）。出土衣物中使用罗绮的有绵袍、夹袍、香囊、手套和帷幔等12件的面，其中6件用作"信期绣"的地。

图3-18 朱色菱纹罗

图3-19 菱纹纹样

菱纹绮

菱纹绮，是平纹地起斜纹或浮长花的素色提花丝织品，图案是由细线条雷纹组成的四方连续菱纹，属于汉代纺织工艺的新品种。织造技术复杂，底部为平纹，花部为三上一下经斜纹，由于花组织循环较大，一般素机无法制织，要用提花束综装置的织机才能达到织造要求。《释名·释采帛》："绮，欹也，其文欹邪，不顺经纬之纵横也。有杯文，形似杯也。有'长命'，其彩色相间皆横终幅，此之谓也，言'长命'者，服之使人命长，本造者之意也。有棋文者，方文如棋也。"

对鸟菱纹绮（图3-20），是在菱形花纹框内嵌上植

图3-20 黄色对鸟菱纹绮

物花草纹和鸟纹。对鸟飞翔在朵朵云气之中，瑞草花卉枝叶蔓生（图 3-21）。《东宫旧事》曰："皇太子纳妃有绛直文罗袴、七彩杯文绮袴。"

织锦

棕色隐花波纹孔雀纹锦（图 3-22），一号墓出土，结构细密，质地柔薄，由于地经和纹经的颜色相接近，图案形象隐约难辨。纹样以线条为主，画面密布，横向排列的波折纹，上下交替排列，空间处饰以小圆圈纹，形成波光粼粼的湖面；其中嵌入展翅的孔雀图案和八角星形，横列上下交替相间排列；孔雀头顶为点状冠子，鸟身浮于水面，显得传神生动（图 3-23）。棕色经线提花，重经组织，系两根经丝为一组，纬丝用一色的四枚变化组织，经纬密度 11.8 厘米 ×48 根 / 平方厘米。

图 3-21 对鸟纹纹样

斿豹纹锦（图 3-24），三号墓出土，该锦用作枕侧面。纹样中可以看到散点斑纹组成的斿豹，飞跃腾空，回首远眺，矫健有力，姿态从容，其他纹样也是布局疏密有度，造型富有特色，方点纹粗细协调，使织物表面有形象丰满的效果（图 3-25）。以 3 种色经为一组，甲经多朱红色，起花纹；乙经为深褐色，起地纹；丙经黑色，并用一根褐色纬丝与之交织，为织底组织。王子年《拾遗记》曰："穆王起春霄之宫，西王母来焉，纳丹豹文履。"

图 3-22 棕色隐花波纹孔雀纹锦　　图 3-23 孔雀纹纹样

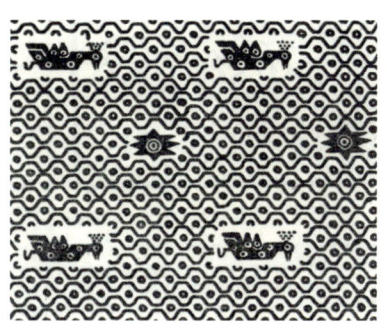

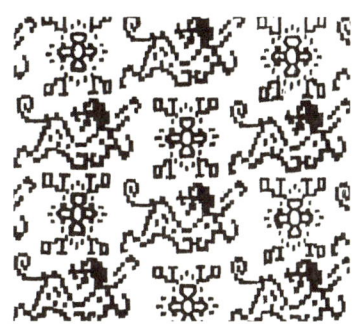

图 3-24 斿豹纹锦　　图 3-25 斿豹纹纹样

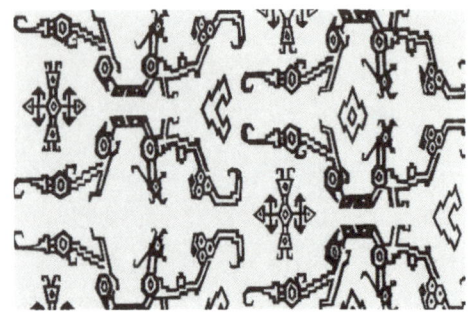

图 3-26　夔龙纹纹样　　　　　　　　　　　图 3-27　绒圈锦常见纹样

夔龙纹锦，三号墓出土。夔龙锦主要取材于殷周彝器上的夔龙纹饰，整幅纹样有变形的夔龙翱翔云游，安详地戏耍火珠，与此相配合的耳杯纹布局协调，整体效果生动简练（图3-26）。花回的长度为2.1厘米，宽度为2.3厘米。地经浅棕色，花纹经为深棕色，亦即用甲、乙两种染好的深色经丝，和一种颜色的色纬丝交织。花是四枚变化组织，用提花机织成。以甲经三上一下为主的经四枚组织起花，在花纹边缘的交界处，则用二上二下的组织作为过渡，地部以乙经起一上三下为基础的变化组织。

绒圈锦，又名起毛锦，是迄今所见最早的起绒织物，花型层次分明，绒圈大小交替，纹样具有立体效果。花纹主要有矩形、几何小点、角形、折曲形等18种单元（图3-27），外观甚为华丽，代表了西汉纺织的高超水平，也是后世起绒织物如天鹅绒等的滥觞。

刺绣

菱纹罗地"信期绣"（图3-28），用朱红、棕红、深绿、深蓝和金黄等色丝线，在罗地上绣出流云、卷枝花草和似燕的长尾鸟图案。遣策称之为"信期绣"。

对鸟菱纹绮"乘云绣"（图3-29），用朱红、棕红、橄榄绿等色丝线，采用锁绣针法，在绮地上绣出飞卷的流云，云气中隐约可见露头的凤鸟，寓意凤鸟乘云。纹样单位为14.5厘米×17厘米。遣策称之为"乘云绣"。

绢地"长寿绣"残片（图3-30），地为绛红色耳纹丝织绢，图案用朱红、绛红、橄榄绿和深蓝四色丝线绣成，穗状流云纹为绛红、橄榄绿二色，流云间填以深蓝

图 3-28　菱纹罗地"信期绣"

图 3-29　对鸟菱纹绮"乘云绣"

图 30　绢地"长寿绣"残片　　　　　　　　图 3-31　绢地茱萸纹绣

色的云纹，以及若干朱红色的花蕾和叶瓣。图案似朵朵卷曲的祥云，茱萸、凤鸟等吉祥生物显现在云中，充满神奇浪漫色彩。

绢地茱萸纹绣（图 3-31），用朱红、土黄、深土黄色丝线，在绢上绣茱萸花。茱萸是一种茴香科植物，古人认为佩戴茱萸，可以辟邪去灾。茱萸纹也就成了中国古代一种寓意吉祥的图案。茱萸是一种益草。《西京杂记》："佩茱萸，食蓬饵、饮菊花酒，令人长寿。"

另外还有绢地云纹绣（图 3-32），又名蚕纹绣，共 3 件，均为单幅。图案结构较简单，多作蚕状，每单元长 15 厘米左右，宽 10 厘米左右，其中一幅间有卍字形纹。通幅 3 组，两侧各留宽 7 厘米许的空白。在绣品中，这种绣的绣工最粗，花纹也很简单，又未见于出土衣物。

绢地方棋纹绣（图 3-33），此为打籽绣绣品，发现于内棺残破衣物上。在绢地上使用墨绿色丝线绣出长宽均为 3 厘米左右的斜方格，方格内再绣圈点，组成四方连续图案。圈点采用了打籽绣法，即用刺出料面的线紧贴料面绕圈打结，再从原地刺入，形成粒状。

在以上 6 种绣品中，有不少相当明显的保留着绣制前用细线条勾画图样的痕迹。对比绣成的花纹和原画的图样，可以清楚地看出绣工的高下，技艺高的绣品线条洒脱，不受图样的局限，而技艺差的绣品则拘泥于图样，线条较为呆滞，甚至有漏绣之处。

树纹铺绒绣（图 3-34），用朱红、黑、烟三色丝线在褐色绢上绣出黑色斜方格纹，格内再绣红色和烟色的树纹。它是目前所见最早的平针满绣绣品。铺绒绣是刺绣传统针法之一，以素纱作底，用彩丝在纱底上刺绣出花纹，绣满纱底，不露地子叫"铺绒绣"。

羽毛贴花绢（图 3-35），锦饰内棺外装饰，这是首次发现用作内棺装饰的丝织品。制作时先将绢砑光和上浆处理，再用红、黑等不同的颜色绘出菱形图案作地，然后顺贴橘红、青黑二色羽毛，两色羽毛之间又贴宽 2.8 毫米

图 3-32　绢地云纹绣

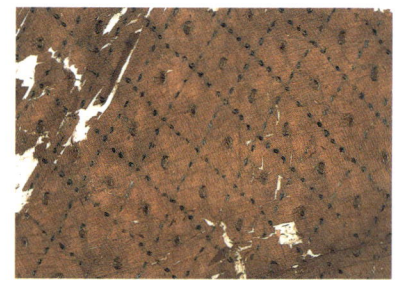

图 3-33　绢地方棋纹绣

图 3-34　树纹铺绒绣

图 3-35　羽毛贴花绢

的绢条组成菱形勾连纹。中央的柿蒂形花饰，则是用贴有羽毛的绢片另外附加的。

马王堆汉墓出土的丝织品中，颜色可辨识者大约20种，主要有深红、朱红、黄红、深棕、浅棕、金棕、深黄、金黄、浅黄、银灰、棕灰、黑灰、藏青、天青、黑色、蓝黑、浅蓝、墨绿、白色等。

通过检测分析得知，颜料主要分为矿物、植物两大类：一是矿物颜料，有朱砂（红色）、绢云母（粉白色）、硫化铅硫化汞混合物（银灰色）；二是植物颜料，有茜草素（红色）、栀子素（鲜黄色）、靛蓝（蓝青色）、炭黑（墨色）。

根据出土文物，可以得知这些织物染色方法基本分为两类：一是先染后织的线染法，主要见于织锦，用不同色丝线织成；二是先织后染的匹染法，用于单色的织物，色泽较为匀称。从织物的色泽一般都染得透入纤维看来，当时可能是通过多次浸染，并且是采取染色与媒染相结合的方法加工的。

麻布

马王堆汉墓出土的麻织物分为苎麻布和大麻布。辛追所穿的一件细麻布禅衣，还有包裹尸体的麻布，都是平纹组织，经纬加捻。我国是苎麻的原产地，所以国际上把苎麻叫做"中国草"。

其中，白色细麻布（图3-36），平纹组织，经线加捻。马王堆汉墓出土的苎麻布有粗细之分，细麻布织纹较细，每厘米经密34~36根，纬密30根，幅宽有51厘米和20厘米左右的两种，应是古乐府咏"宝如月，轻如

图 3-36　白色细麻布 　　　　　　　　　　　　　　　　　　图 3-37　灰色细苎麻布

云，色似银"的白苎麻布。

  灰色细苎麻布（图 3-37）最为精良，麻布经纬线很细，质地细密柔软，布面平而有光泽，灰色浆料涂抹均匀，表面有乌银色莹光的抗氧化剂，是目前所见最早经过踹碾轧光整理的麻织物。这说明汉初已掌握了织物的轧光整理技术。苎麻纤维质坚而细长，韧性强，吸湿和散热比其他纤维都好。《礼记·礼运》记载："治其麻丝，以为布帛，以养生送死。"汉朝纺织生产丝麻并举，麻织物是服饰制作的重要面料之一，纺织精细的麻布（苎麻）可用来制作官员的衣服、衾被、巾、冠，粗麻布多是平民百姓服装面料。

服装种类与制作工艺

  一号墓尸体包裹与覆盖有 20 层，三号墓尸体包裹与衣衾有约 18 层，衣物糟朽均不成形，相对完整的有主要有冠 1 件、绵袍 12 件、夹袍 1 件、禅衣 3 件、单裙 2 件、腰带 2 件、手套 3 副、丝履 5 双、夹袜 2 双等。

漆纚纱冠

  1973 年马王堆三号墓油彩长方漆奁中出土了一顶漆纚纱冠（图 3-38），长 26 厘米，宽 15.5 厘米，高 17 厘米，两护耳长 8 厘米。其外观呈簸箕状，乌黑发亮，编织稀疏，亮地显方孔，纱孔均匀清晰，表层髹黑漆，且硬挺。两侧有护耳，护耳下端各有一用于系带的小圆孔。它属于武士所戴的武弁大冠，在马王堆一、三号墓中出土的帛画、木俑、遣策，以及汉阳陵陶武士俑、徐州楚王陵陶武士俑等所见冠帽，可以得到印证。漆纚冠残片也曾发现于广西贵县罗泊湾汉墓、广东广州西汉南越王墓、北京丰台大葆台汉墓等。据古籍记载，漆纚纱冠在西周即已出现，当时用细麻线编织后，涂上生漆。战国晚期至西汉初期改用生丝编结后再涂上生漆，因此称之为漆纚冠，或称纱。

图 3-38　漆纚纱冠

图 3-39　戴冠木俑　　图 3-40　帛画中的爵弁

马王堆汉墓中还有戴冠木俑（图 3-39）所戴的长冠，在一、三号墓出土的 T 型帛画、《车马仪仗图》与《导引图》中也能见到。长冠又称"刘氏冠"，一般以竹皮做成骨架，外表漆，冠顶的造型扁而细长，故又称"竹皮冠"。相传汉高祖刘邦未发迹时曾戴过此冠，后来被定为官员的祭服，并规定爵非公乘以上，一律不得服用，以示尊贵，又称"斋冠"。

爵弁，为上层贵族男子士一级的最高等服饰，形制像冕，但冕綖没有倾斜之势，前后也无旒。秦汉时期爵弁的式样，正如帛画中守天门的帝阍所戴形制，上为横置长板，以赤黑色布蒙之，长板一头下垂綖（图 3-40）。在綖下作两只手掌相合状，其色如雀头，赤而微黑。其佩戴方式主要扣在挽结的头发上，以笄固定；下垂两条长丝带系在下颚处。垂綖是置于前还是置于后，则依据情况不同而定。

禅衣

马王堆一号墓出土 3 件禅衣，保存基本完整；三号墓遣策记载有 15 件禅衣陪葬，而均残破。3 件禅衣以衣襟分类，可以划分为曲裾禅衣和直裾禅衣两类，其中一件直裾素纱禅衣出土时较完整，另一件素纱禅衣、一件白绢禅衣都是曲裾，稍残破。

曲裾素纱禅衣（图 3-41），身长 160 厘米，通袖长 195 厘米，重 48 克，上衣部分正裁 4 片，宽各 1 幅；下裳部分斜裁 3 片，宽各 1 幅；两袖无胡，袖缘和领缘均较窄，底边无缘。

直裾素纱禅衣（图 3-42），身长 128 厘米，通袖长 190 厘米，重 49 克，上衣部分正裁 4 片，宽各 1 幅；下裳部分也是正裁 4 片，宽各大半幅；两袖无胡，袖缘和领缘均较窄，底边无缘。

素纱禅衣所用的"纱"，是一种单经单纬丝交织而成、密度稀疏、丝线加捻的平纹组织，在战国秦汉时期被称为"雾縠""纱縠""沙縠"。如宋玉《神女赋》："动雾縠以徐步兮，拂墀声之珊珊。"《汉书》《抱朴子》《后汉书》

图 3-41　曲裾素纱禅衣　　　　　　　　　图 3-42　直裾素纱禅衣

等言"其轻若云雾也""细如雾""纱薄如空也"。《释名·释采帛》记其特征："縠，粟也，其形戚戚，视之如粟也。又谓之沙，亦取戚戚如沙也。"三号墓遣策记载陪葬有"沙縠复袭一""沙縠复前袭一，素缘""白縠袤二，素里，其一故""鳖（绿色）縠长襦一，桃花缘"等。整体来看，这种"纱"在汉初属于一种使用范围小、质量较好的织物，反映了西汉工匠在缫丝、织造、煮练等方面的技术都已达到较高水平。素纱禅衣穿法，或曰为内衣、夏衣，或曰外罩之服。而从周、秦、汉代史书记载可知，素纱禅衣既可以作为日常服装外穿，如《汉书·江充传》记载江充"衣纱縠单衣。"也可以作为衬衣内穿，如《中华古今注》曰："纱衫，盖三代之衬衣也。"马王堆出土的这两件素纱禅衣，被称为是迄今所见最早、最薄、最轻的服装，代表了汉初养蚕、缫丝、织造工艺的较高水平。

曲裾绵袍

马王堆一号墓陪葬有 12 件丝绵袍，三号墓陪葬的竹笥中有夹袍、丝绵袍和裙等成衣，大部分腐朽仅见残片；一号墓墓主人辛追身穿有 6 件丝绵袍，三号墓墓主人身穿有 6 件丝绵袍、7 件夹袍，均严重糟朽。

这件菱纹罗"信期绣"丝绵袍（图 3-43），衣长 150 厘米，通袖宽 250 厘米，交领、右衽、曲裾，以菱纹罗地"信期绣"为面料，素绢为里，内絮丝绵，绒圈锦缘。按汉代帛幅宽约 50 厘米计算，其需用丝帛 32 米，折合汉制 14 丈。其款式属于"深衣"形制，在西汉早期贵族妇女中广为流行，属于汉代妇女的时尚衣服。

朱红菱纹罗丝绵袍（图 3-44），衣长 140 厘米，通袖长 245 厘米，其面料为朱红菱纹罗，也叫杯纹罗。其裁剪工艺为：袍缘后，上衣下裳，里面分片一致。上衣正裁 6 片：身部 2 片，宽各一幅；两袖各 2 片，一片宽 1 幅，一片宽半幅。6 片拼合后，再将腋下缝起。领口挖成琵琶形。袖口宽 28 厘米，合汉制一尺二寸左右。袖筒比较肥大，下垂呈弧状。下裳斜裁 4 片，宽各 1

图 3-43 菱纹罗"信期绣"丝绵袍

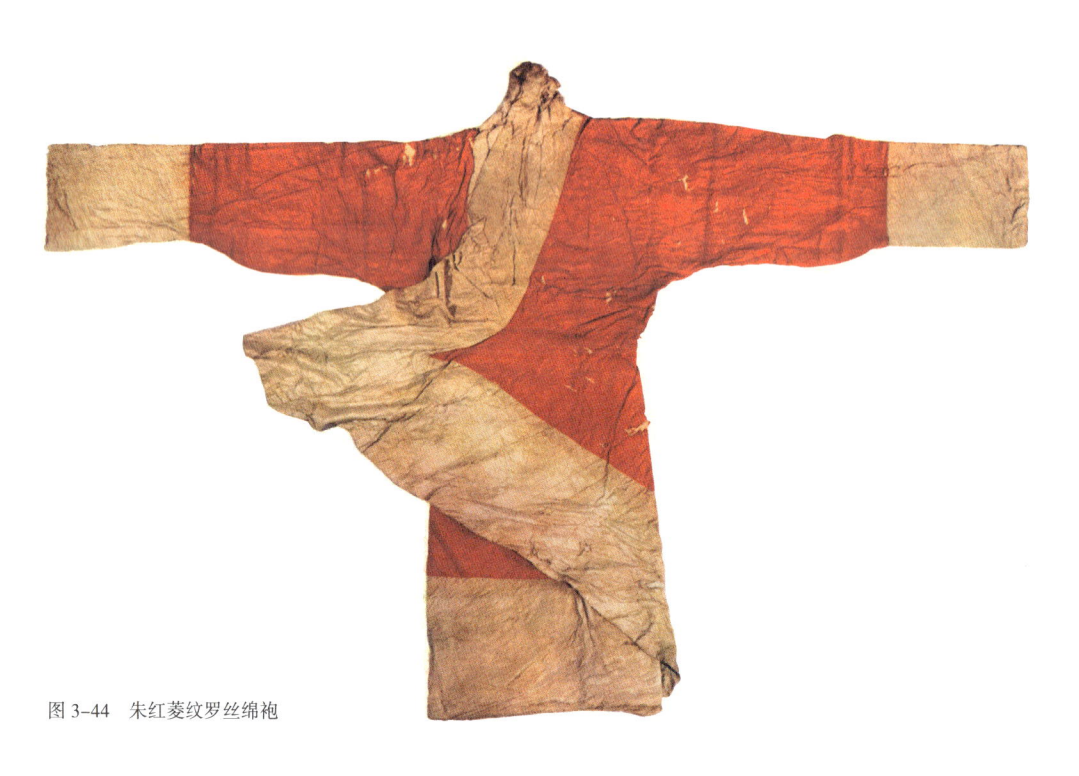

图 3-44 朱红菱纹罗丝绵袍

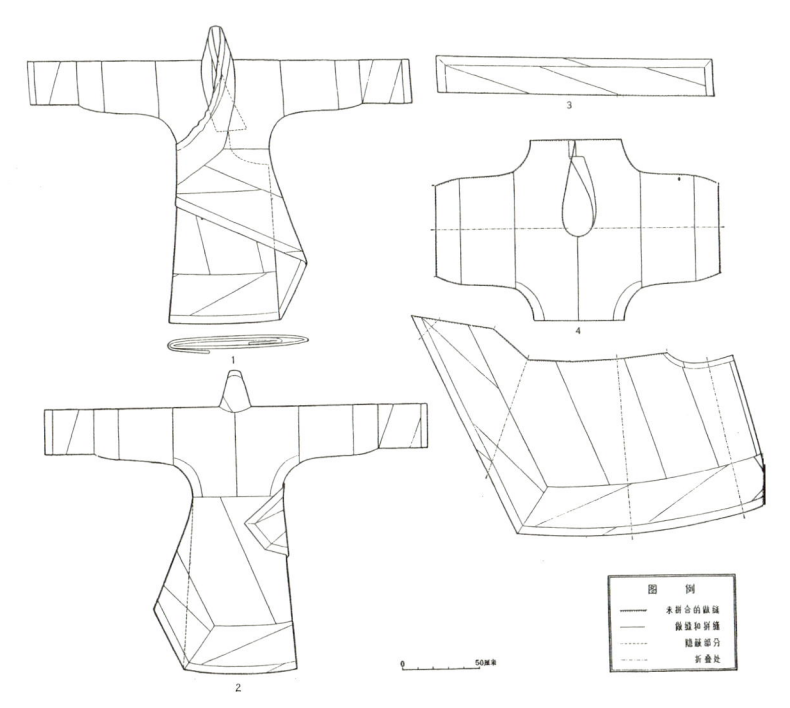

图 3-45　朱红菱纹罗丝绵袍裁剪缝制图

幅，底边略作弧形。里襟穿着时掩入左侧身后，外襟穿着时裹于胸前，衽角折到右侧腋后（图 3-45）。马王堆汉墓出土的曲裾丝绵袍裁剪工艺基本类似。

整体来看，曲裾丝绵袍形制相同，均为交领、右衽深衣式，上衣正裁，下裳斜裁；幅宽为 38 厘米的面料，上衣 6 片，下裳 4 片；幅宽为 48 厘米的面料，上衣 4 片，下裳 3 片。裁剪缝纫处理上则没有统一标准，会根据面料裁剪、缝纫时细节的差异而灵活处理，如两腋下有的有袼，有的无袼。袍面纹样图案是先成衣后刺绣，还是先刺绣后制成衣没有统一标准，如出土的其中一件罗绮"信期绣"丝绵袍，包缝在袍缘下的罗绮面上并无花纹。综合墓葬出土遣策记载与国内其他汉墓研究成果，存在以上差异应该是这些陪葬的衣服性质上属于敛服非生服之故。

直裾绵袍

马王堆一号墓出土的 3 件印花敷彩丝绵袍，直裾袍服的裾不绕襟，制作时将衣裾前片接长一段，穿时衣裾折向身侧或身后，垂直而下，与地面形成垂直的角度，故名之为"直裾"。

黄色印花敷彩丝绵袍（图 3-46），交领、右衽、直裾，以印花敷彩纱为面料，素纱为里，内絮丝绵。《说文解字》记载："直裾谓之襜褕。"经测算，该衣里、面约用幅宽 50 厘米的衣料 23 米，合汉制 10 丈左右。3 件直裾丝

图 3-46 黄色印花敷彩丝绵袍

绵袍裁剪工艺大致相似。此件由上衣下裳组成，里面分片一致（图 3-47）。上衣正裁 4 片：身部 2 片，袖各 1 片，宽 1 幅。4 片拼合后，将腋下缝起。领口挖成琵琶形。下裳上半部为印花敷彩纱面，正裁。后身和里外襟均用 1 片，宽各 1 幅，长度与宽相仿。下半部和里外襟侧较宽的白纱缘，斜裁，后身底缘作等腰梯形，3 片拼成，中间 1 片宽 1 幅，两侧各加一个边角。里外襟底缘作不等腰梯形，用 2 片拼成，宽各半幅。穿时里襟掩入左侧腋下，外襟折到右侧身旁，底摆呈喇叭状。

禅衣或丝绵袍穿着时需要在外系扎腰带。一号墓中就出土了 2 件。其中一

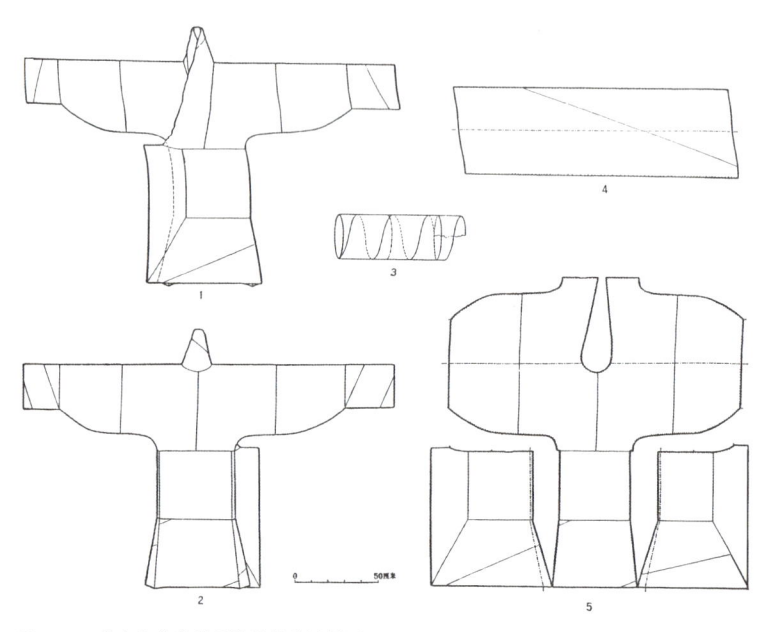

图 3-47 黄色印花敷彩丝绵袍裁剪缝制图

件为淡黄色组带，长 145 厘米，宽 11 厘米，两端有穗；一件为夹袍矩纹锦腰带，长 198 厘米，宽 7.2 厘米。从帛画、木俑中可以看到时人系扎腰带的情况。

单裙

一号墓出土有衬里的单裙（图 3-48）2 件，形制相同，为围腰系带式，用 4 幅上窄下宽的银褐色绢缝制而成，上部加缝裙腰，裙腰两端加长作裙带。一般穿在直裾、曲裾衣服之内。裙在古代称"裳"，亦作"常"。因穿在下身，又称"下裳"。

除了裙之外，还有关于裤子的形象资料，如一、三号墓出土帛画中有数人身穿犊鼻式短裤，《太一将行图》中"太一神"着齐腰瘦腿短裤，《导引图》（图 3-49）中有多人着齐腰阔口短裤、肥腿敛口长裤等不同样式的裤。三号墓遣策记载陪葬有"素绔二""绪绔一，素里""紫纵一素里""绨襌纵一"，均为汉初有"裤"的证据。

图 3-48　马王堆一号墓出土单裙

图 3-49　《导引图》复原图

手套

一号墓出土了 3 副保存完好的直筒露指式丝质手套，三号墓据遣策记载有 2 副手套陪葬，湖北江陵战国墓曾经出土 1 副五指分开的皮手套。

绢地"信期绣"手套（图 3-50），长 24.8 厘米，上口宽 9.4 厘米，下口宽 11 厘米，此手套掌面为"信期绣"，腕部用绢。掌面部分的上下两侧各饰"千金绦"一周。

朱色菱纹罗手套，指部和腕部均为斜裁，是用宽 1/4 幅的素绢，按螺旋方式缝合成筒状，再折为两层，所以手套的上下两口都没有缝。拇指部分是另加的，口和上侧有缝。

银褐色菱纹罗绮手套，掌面部分用四经绞罗面料正裁，缝在拇指上下；指部和腕部均用素绢斜裁，掌面部分的上下两侧各饰"千金绦"一周。

3 幅手套中比较引人注目的是手套掌面部分的上下两侧饰加一周的"千金绦"。"千金"寓意富贵，《史记》亦将"千金之家"喻为富贵人家。绦是一种用丝线编织而成，装饰衣物的花

图 3-50　绢地"信期绣"手套

图 3-51 千金绦组织结构示意图

边或带子。绦带幅面居中每隔一定的距离，重复织出单个的或成双的篆文"千金"字样，"千金"两侧各有一个回纹图案相对应，"千金"的中条底纹是由红地黑色折线组成的几何图案，效果规整而又有律动感（图 3-51）。在湖南长沙的战国楚墓出土有深红色无图案花纹的丝带，可见丝带是古时荆州地区的传统产品。

履袜

履，即鞋。马王堆汉墓共出土丝履 5 双，形制相同，都是双尖翘头方履，4 双出自于一号墓，1 双出自三号墓。其中辛追穿着的青丝履（图 3-52），保存较完整，长 26 厘米，头宽 7 厘米，后跟深 5 厘米。履面用丝缕编织而成，平纹织法，纬线较粗，织纹有明显的方向性，现呈菜绿色。履底用麻线编织而成，平纹，现呈浅绛色。衬里为绛紫色。履帮为"人"字纹组织，垫平纹。另外，我们还可以看到着衣女侍俑足穿木制翘角丝履，"冠人"俑足穿木制圆头履。墓中出土帛画中也可以看到足穿翘角丝履的士兵、乐人等。可以，翘角丝履、圆头履，无论男女均可穿着，无性别差异。

一号墓出土了 2 双完好的夹袜（图 3-53），形制相同，齐头，鞒后开口，开口处有绢质系带。整体都用绢缝制而成，袜面用的绢较细，袜里用的绢稍粗。缝在脚面和后侧，袜底无缝，穿着时会比较平整舒适。

小结

中国素以"衣冠王国"著称。在古代很早就把"布帛可衣"列为"生民之本"（《汉书·食货志》）的重要一项。湖南长沙马王堆发掘了西汉初期的 3 座墓葬，出土的这些服饰实物与制衣原料，其保存之完整、品种之丰富、工艺之精湛、色泽之鲜艳，反映出古代劳动人民的精湛技术和高超水平，代表着汉代的纺织工艺水平。墓中出土的大量木俑身上、帛画中的人物形象中、遣策的记录里等都保留了丰富的形象、图像、文字资料，加上出土的各类佩饰、妆饰实物，这些都是研究汉代服饰最翔实、可靠的服饰文化资源，再现了汉代灿烂的服饰文化，为研究汉代乃至中国服饰史提供了极为珍贵的资料。

图 3-52 马王堆一号墓出土青丝履 　　图 3-53 马王堆一号墓出土夹袜

第二节 徐州出土汉晋南北朝陶俑服饰特色赏析

杜益华

徐州地理地形和西汉时期诸侯王墓

江苏省的徐州市古称彭城,西汉时属楚国,其历史与秦末农民起义的风云密切相关。公元前206年秦朝灭亡,项羽分封诸侯,"自立为西楚霸王,王九郡,都彭城"。刘邦称帝后,于公元前201年逮捕楚王韩信,把其封地一分为二,封刘交为楚王,是为楚元王,统治薛郡、东海、彭城三十六县,"都彭城"。刘交,字游,为刘邦的同父异母弟。后因"太子辟非先卒",文帝便封其子刘郢(客)为楚王,是为楚夷王。刘郢(客)死后,传其子刘戊。刘戊因为与吴王刘濞发动"七国之乱",兵败自杀。景帝立刘交三子刘礼为楚王,继承元王的王位,是为楚文王。文王传位给儿子安王刘道,刘道传给儿子襄王刘注,刘注传给儿子节王刘纯,刘纯传给儿子延寿。因刘延寿"阴欲附倚辅助广陵王刘胥,事败,自杀国除"。宣帝时,立三子定陶王刘嚣为楚王,传四代(表3-1)。

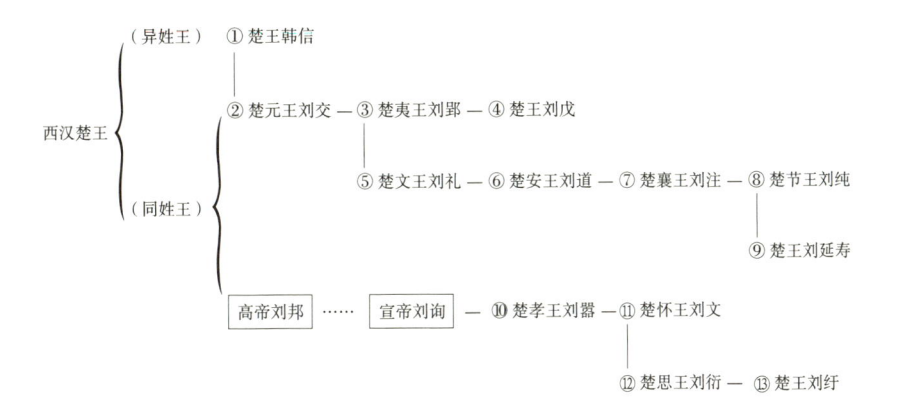

```
              （异姓王）  ① 楚王韩信

                          ② 楚元王刘交 — ③ 楚夷王刘郢 — ④ 楚王刘戊
西汉楚王 ┤
              （同姓王）  ⑤ 楚文王刘礼 — ⑥ 楚安王刘道 — ⑦ 楚襄王刘注 — ⑧ 楚节王刘纯
                                                                          ⑨ 楚王刘延寿

              高帝刘邦 …… 宣帝刘询 — ⑩ 楚孝王刘嚣 — ⑪ 楚怀王刘文
                                                      ⑫ 楚思王刘衍 — ⑬ 楚王刘纡
```

表3-1 西汉楚王世系表

狮子山楚王墓和羊鬼山王后墓（2座）

1984年12月发现徐州狮子山西侧的兵马俑陪葬坑4座，而后陆续发现多座陪葬坑。1994至1995年发掘狮子山楚王墓（图3-54），墓葬所在山峰地表原有封土。墓葬由外墓道、内墓道、天井、3个耳室、甬道、6个侧室和前、后室组成，墓葬未能按原设计完成施工。内墓道内3个耳室未遭盗扰，甬道以内的各室虽遭盗扰，但仍出土了大量的随葬品，特别是出土了大量的玉器、印章等。狮子山楚王墓的墓主一度是学术界讨论非常热烈的话题。

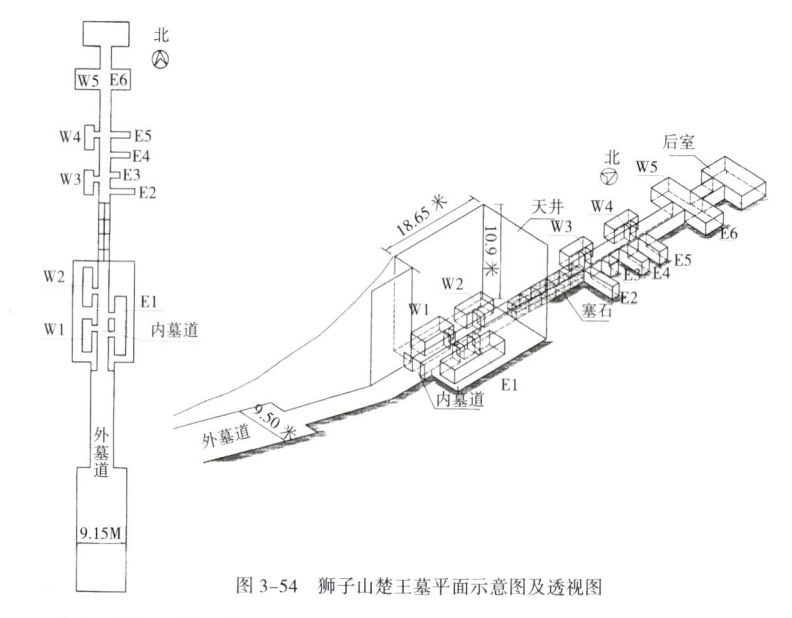

图3-54 狮子山楚王墓平面示意图及透视图

北洞山楚王墓和桓山王后墓（2座）

1986年发掘的北洞山楚王墓位于徐州市北，由墓道、主体墓室、附属墓室组成（图3-55）。墓道壁开凿出门阙、7个壁龛和2个耳室。主体墓室由甬道侧室、前堂、后室及廊、2个厕间组成。附属墓室低于主体墓室2.98米，系在山岩中开凿出矩形石圹再用条石垒砌而成，由武库、府库、乐舞庭、盥洗间、天井、厨房、臼房、凌阴、柴房共11室组成。墓葬虽多次被盗，但墓道壁龛内彩俑得以幸免。

驮篮山楚王墓和王后墓（2座）

这两座墓葬于1989至1990年发掘，位于徐州市区东部。楚王墓（M1）居西，王后墓（M2）居东，分踞于相毗连的两座山峰，墓葬均由斜长坡墓道、甬道和墓室组成（图3-56）。M1墓室由甬道两侧耳室、前后室及侧室、武库、浴厕间等共13室组成，M2墓室由布局大体相同的11室组成。M2墓道所在山坡的上方开凿有平面倒凹字形的拦水沟。二墓被盗严重，仅有陶器、陶俑和铁器等出土。2004年4月，在M1南侧（墓前面）发现

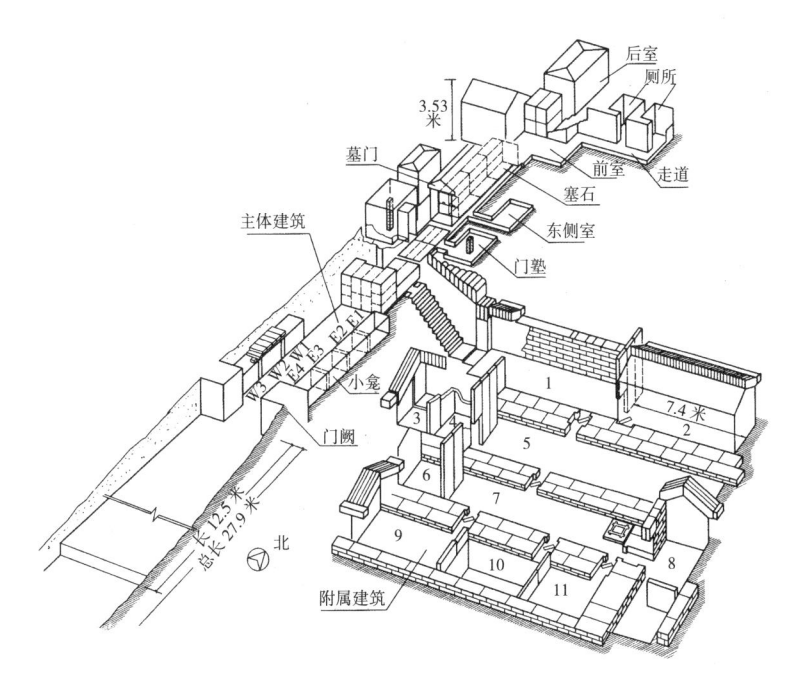

图 3-55　北洞山楚王墓透视图

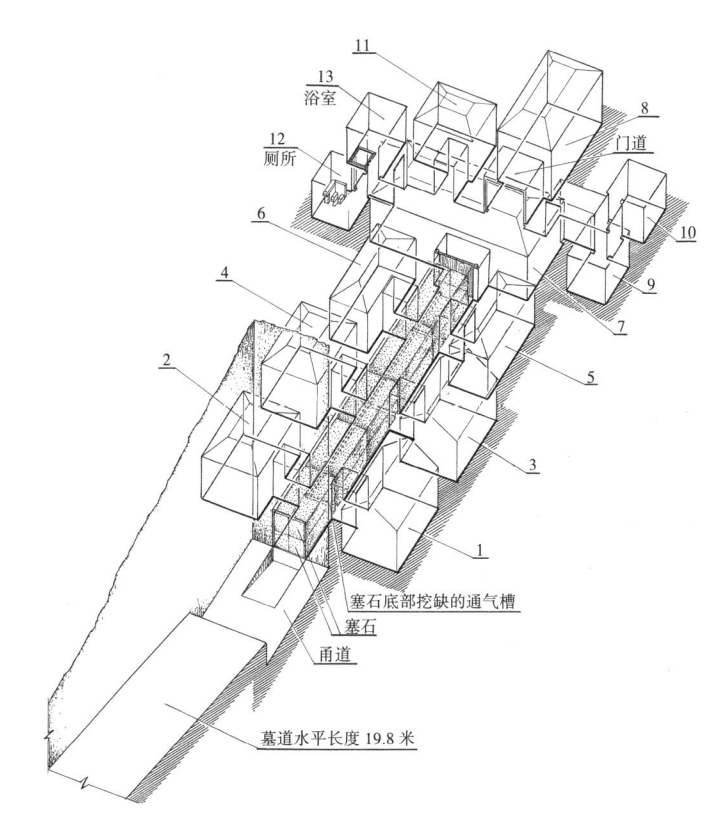

图 3-56　驮篮山楚王墓透视图

3座分别埋有陶器、乐俑和兵俑的陪葬坑；在M2南侧发现1座马俑坑。在其稍远处发现瓦当、筒板瓦等建筑材料，可能与陵园建筑有关。

卧牛山楚王墓群（5座）

卧牛山楚王墓群位于徐州市西区卧牛山北麓，1980年、2017年、2021年都进行过清理发掘。墓葬规模巨大，由斜坡墓道、甬道、前室、后室和侧室组成，后室地面有大量瓦片堆积。墓葬早年被盗，仍出土陶器、玉器等。

龟山楚襄王刘注墓和王后墓（2座）

龟山楚襄王刘注墓和王后墓位于徐州市龟山西麓，1981至1982年发掘楚王墓（M1）主墓室和王后墓（M2）；1990年发掘楚王墓前后甬道间的3个耳室（图3-57）。根据M1内出土的"刘注"龟钮银印，表明墓主为第六代楚襄王刘注。刘注嗣位于武帝元朔元年（公元前128年），薨于武帝元狩六年（公元前117年）。M1由墓道、甬道和10个墓室组成，主室有气势雄伟的石擎柱，墓内开凿的生活设施有水井、水池等。M2由墓道、甬道和5

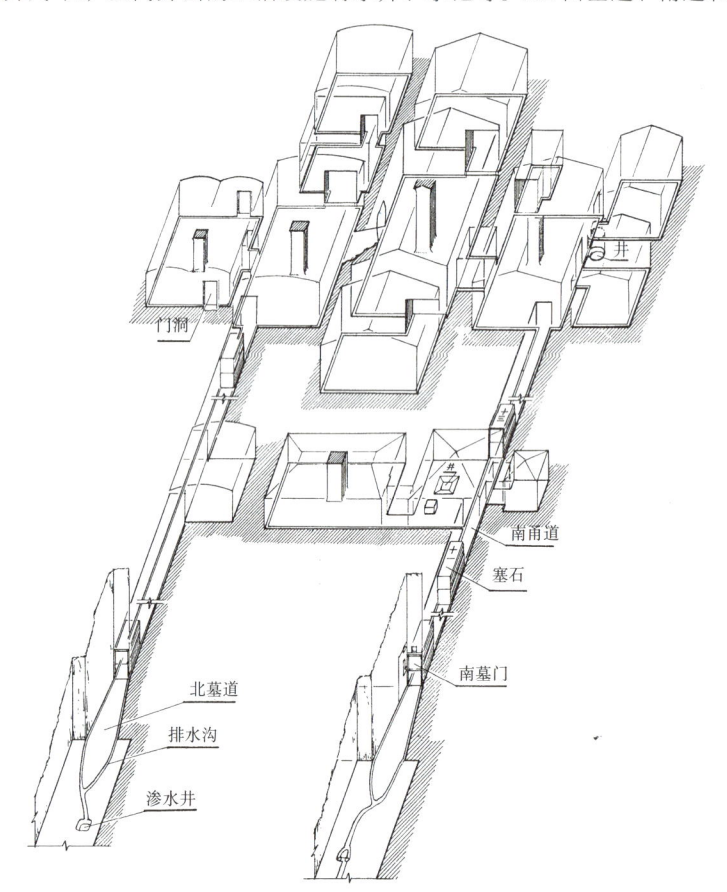

图3-57 龟山楚襄王刘注墓透视图

个墓室组成。主室有石擎柱，部分室顶有乳丁纹装饰，与 M1 凿有壶门相通。

南洞山楚王墓和王后墓（2 座）

南洞山楚王（后）墓位于徐州市南郊两山口西侧段山的南坡，两墓并列。楚王墓（M1）居东，王后墓（M2）居西，相距仅约 10 米。墓葬于早年被盗，M1 甬道西壁镌刻有"至大口年"题记，表明其最迟于元武宗年间（1308—1311 年）已被盗掘一空。两墓均由墓道、甬道和墓室组成。

东洞山楚王墓和王后墓（3 座）

东洞山楚王墓（M1）也属徐州汉楚王陵墓群，由墓道、甬道耳室和 6 个主、侧室组成，主室有石擎柱（图 3-58）。1955 年在其附近发现铜、玉器多件，包括 2 枚玉片。1982 年 10 月在 M1 北侧 10 米处发现王后墓（M2）。M2 规模较小，仅有 1 个墓室。墓内出土"明光宫"铜锺、鼎、勺等 10 件，刻有"王后家盘""王家尚食"的铜盘各 1 件，漆耳杯底部残片有朱书"中宫口""二府""灵平宫"等，表明墓主身份应为王后。

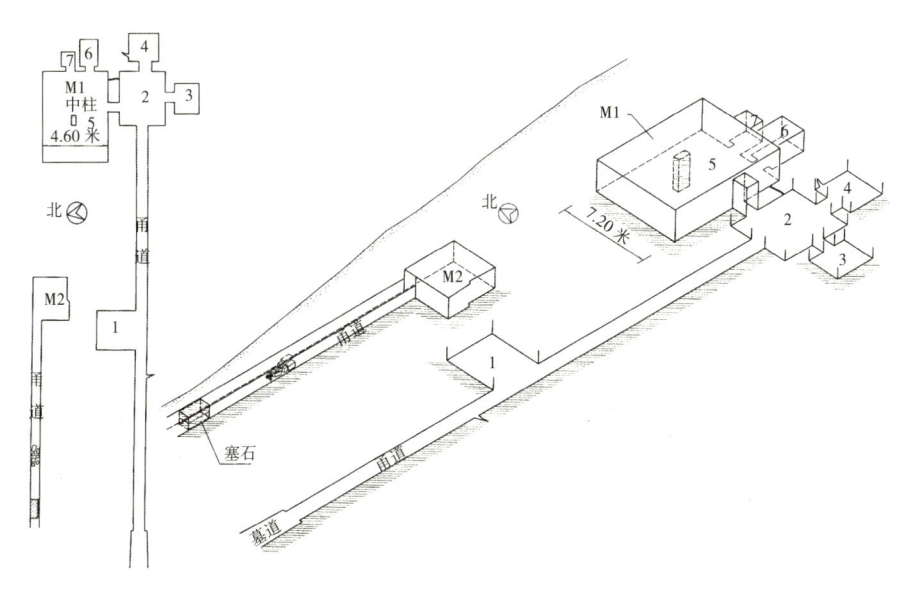

图 3-58 东洞山汉墓平面示意图及透视图

楚王山楚王墓（4 座）

楚王山的楚王墓是最早见诸记载的西汉楚国王陵。北魏郦道元的《水经注》载："获水（即汴水）又东径同孝山北，山阴有楚王冢，上圆下方，累石为之，高十余丈，广百许步，经十余坟，悉结石也。"《后汉书·郡国志》注引《北征记》也记载："（彭）城西二十里有山，山有楚元王墓。"楚王山位于徐州西 10 公里的大彭镇南，北宋苏轼《送蜀人张师厚赴殿试》就有"断

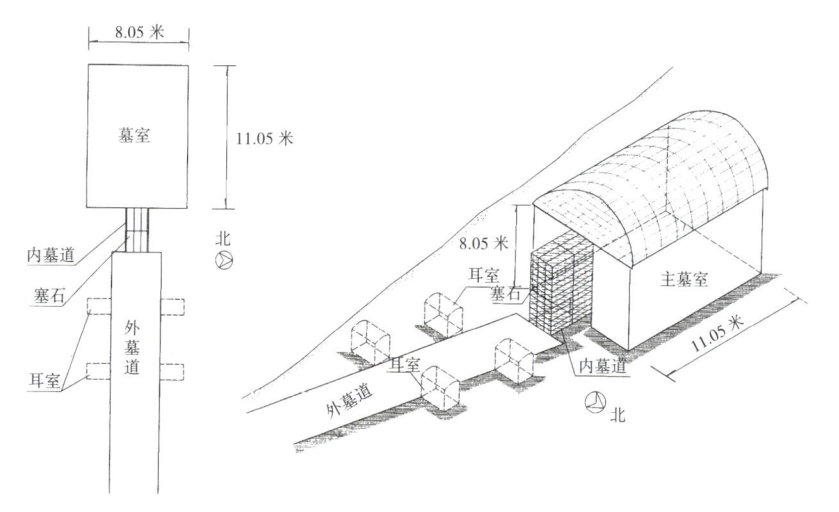

图 3-59　楚王山一号墓平面示意图及透视图

岭不遮西望眼，送君直过楚王山"的诗句。楚王墓位于楚王山主峰北侧，未发掘。1997 年因其一号墓被盗，考古人员入内考察，发现为石券顶结构（图 3-59），这在西汉文帝时期尚未闻见，与刘交墓所处的时代不甚相符。

徐州地区出土汉代至魏晋南北朝陶俑基本情况

徐州汉文化景区管理处入藏陶俑 3000 余件，多属狮子山楚王墓，分别为一号坑前段站式俑 516 件，后段有陶俑约 500 件；二号坑前段各式陶俑 832 件，后段驭手俑 474 件；三号坑尚未发掘，预测陶俑数量 1000 余件；四号坑有陶俑 100 余件。

徐州博物馆入藏 1200 余件，狮子山楚王墓出土陶俑 250 余件，北洞山楚王墓出土陶俑 420 余件，其他诸侯王墓葬出土陶俑 200 余件，中小贵族墓葬出土陶俑 500 余件，南北朝墓葬出土陶俑 100 余件（图 3-60）。

图 3-60　北洞山楚王墓出土陶俑

北洞山楚王墓出土仪卫俑和女俑服饰特色

北洞山楚王墓位于徐州市铜山县茅村镇洞山村境内，1986年9月，南京大学考古系和徐州博物馆联合进行发掘。这座汉墓开凿于一座15米的小山中，早年被盗，但仍清理出不少珍贵的文物。该墓出土的56片鳞甲形玉衣片，最能说明墓主人楚王的身份。发掘出土的各式陶俑422件，其中墓室中出土的多半残破，因受过多次盗扰，色彩脱落严重，墓室内出土的陶俑可分为男立侍俑，女立侍俑和抚瑟俑。

仪卫俑

在露天甬道两侧的7个壁龛中，出土的224件彩绘仪卫俑，幸运地未遭盗墓者光顾（图3-61）。这些俑绝大部分保存完整，神态逼真，宛若真人，惟尺寸稍小，大多在50~58厘米。其颜色丰富多样，有红、白、黑、绿、蓝、紫、绛等色，色调配置和谐，衣纹线条流畅飘逸。虽然陶俑采用模制成型，但彩绘均不相同，面部表情生动细致，眉目、胡须纤细如毫，形式多样，甚至连单、双眼睑都清晰可辨，融雕塑和绘画技艺于一体。

图3-61 彩绘仪卫俑出土场景

根据史料记载，汉代着衣有着很鲜明的时代特点。第一点，穿外衣时，由于领大而且弯曲，穿衣时必暴露中衣的领型，中衣一般用白色面料做里。衣袖袖宽为一尺二寸（40厘米），衫无袖。第二点，腰带极为考究，所用带钩有各种形制，如水禽形或琵琶形，形象十分生动有趣。一般长度在寸半至六寸（5至20厘米），是衣裳中间显要的装饰物。第三点，男子保持佩刀剑的习俗，但有一部分失去了实际使用价值，主要是显示仪容。第四点，汉代礼服的服色有具体规定，一年四季按五时着服，即春季用青色，夏季用红色，季夏（即立秋前）用黄色，秋季用白色，冬季用黑色。

北洞山楚王墓出土的彩绘仪卫俑根据他们的姿态或冠式可分为持笏俑、

执兵俑和背箭箙俑三种形制。持笏俑（拱手俑）共出土9件，除一件头戴绛紫色帽外，其他均是头戴冠，冠已朽，帽带系结于颏下。由此可以判断，他们的头上当时应是戴无帻之冠。而唯一的一件戴帽持笏俑应是仪卫俑群中身份最高的官员，可能为郎中令。

1. 持笏俑

持笏俑身着三重深衣，拱手而立（图3-62）。深衣就是直筒式的长衫，把上衣和下裳连在一起包住身体，分开裁但是上下缝合，因为"被体深邃"，得名深衣。通俗地说，就是上衣和下裳相连在一起，用不同色彩的布料作为边缘，其特点是使身体深藏不露，雍容典雅。北洞山楚王墓出土的持笏俑从衣领可以看出为三重，内服的领口和袖口都用了非常鲜艳的红色，外衣的领口较低、衣袖短于内服，并且在衣服边沿做有精美的装饰图案。

他们的衣袖笼罩住双手，拱手处有一长方形孔，专家推断应为插笏板所用。笏板以竹木制成，已经朽烂，仅有碎屑残留在孔中。这些小孔略呈长方形，上下不贯通，最有可能是放置少量竹简或帛书的地方，其功能有待进一步讨论和考证。

这些陶俑大眼，直鼻，均无胡须，腰际束带，并有组带垂于腹前，足蹬双尖翘首履。其中有两件持笏佩剑陶俑身材高大，额发簪笔，拱手执笏。按汉代习俗，文官奏事，一般都用毛笔将所奏之事写在竹简上，写完之后，即将笔杆插入耳边发际。后成为一种制度，凡文官上朝，皆得插笔，笔尖不蘸墨汁，纯粹用作装饰，史称"簪白笔"。因此可以看出，这种拱手持笏俑应代表的是楚国有较高官职的文职官员形象，并且是由宦者担任的。

2. 执兵俑

北洞山楚王墓出土数量最多的彩绘俑是执兵俑（图3-63），共计有151件，其中戴帽执兵俑104件，戴绛紫色帽，帽带系结于颏下，戴冠执兵俑47件。从这组陶俑的分布位置和各部位特征可以判断，戴冠者身份略高于戴帽者。他们均为双手执握兵器，面部细眉长目，留有各种式样的八字胡

图3-62 彩绘陶执笏俑　　图3-63 彩绘陶执兵俑

颔，神态各异。胸前配长剑或环手刀。腰间束带并悬挂组带和绶带，部分俑的绶带所系长方形物上有"郎中"或"中郎"二字。他们的双手半握拳置于右肋，左拳在上，右拳居下，所执兵器应为木质长戟但已朽烂。下身穿肥裤，足蹬圆首或双尖翘首履。

陶俑的服饰、形制的不同，表明其身份亦有差异，相当数量的彩绘持兵陶俑所佩绶带下端均有半通印，印文多为郎中，少数为中郎。出土的执兵戴冠陶俑，双手共执一物，可能为棨戟。

3. 背箭箙俑

北洞山楚王墓共出土背箭箙俑64件，包括双襟长袍背箭箙俑6件，曲裾深衣背箭箙俑58件。皆头戴帽，身佩长剑，背负箭箙，箭箙通过腋下和左肩的3根带子固定，系结于胸前，形成三角形，便于背负和奔跑（见图2-19、图2-20）。陶俑双手半握拳于腰两侧，左手略交于右手，掌心向下，作持物状。从所背箭箙推测可能双手持弓，少数俑手中仍遗留有髹朱漆的朽痕。

双襟长袍背箭箙俑多放置于较中间的位置，结合其装备看，这类陶俑的地位要高于曲裾深衣背箭箙俑，应是箭箙俑群的指挥者。秦汉时期的男子服装，以袍为贵，袍服一直被当作礼服。它们基本的样式，以大袖为多，袖口有明显的收敛，领、袖都饰有花边。这种袍服是汉代官吏的普通装束，不论文武职别都可穿着。从出土的壁画、陶俑、石刻来看，这种服装只是一种外衣，凡穿这样的服装，里面一般还衬有各色的内衣。

双襟长袍背箭箙俑的周边分布着曲裾深衣背箭箙俑。曲裾是汉衣款式以衣襟分类中的一种，即开襟是从领曲斜至腋下，缠绕于身后；另一种是直裾，是开襟从领向下垂直。曲裾的服式既长又宽，从款式上官民服基本没有差别，但从原料和颜色上，却可明显显示等级的不同。

这些仪卫俑在帽饰、绶带、武器上各具特色。

特色一：帽饰。南京博物院左骏老师在《对羊与金珩——论战国至西汉羊纹金饰片的来源与器用》中认为羊纹金饰片是插饰"金饰漆纱冠"时所用。而具有搭耳形制的帽冠也被称为"胡帽（冠）"，其源头目前可追溯至早期欧亚草原游牧民族的各类帽冠。以丰富多样的金饰来装饰服帽的传统，是源自马上族群的风尚，目前考古所见的金饰搭耳帽即是游牧民族斯基泰人重要冠服标识之一。羊纹金饰片最早见于1968年发现的河北满城中山靖王刘胜墓中，因其特殊的外形被称为"杏仁形金叶"。1983年，广州南越王赵眜墓中也发现了类似的金饰片，此后在江苏扬州刘毋智墓、盱眙大云山江都王墓等地点又有发现。该类金饰因其特殊的形态工艺、纹饰蕴涵十分浓郁的欧亚草原文化特征，长久以来一直为学者们所关注。徐州狮子山楚王墓西三耳室（W3）中清理出2件羊头纹饰片，制式与邯郸赵国贵族墓第一组中正视羊首纹金片近乎相同。《史记》及《汉书》中的《佞幸传》均载有西汉初惠帝时期的一类服饰风尚："故孝惠时，郎、侍中皆冠鵕鸃、贝带、傅脂粉。"

鵔鸃基本可认为是现代鸟类中的红腹锦鸡，可示将士的英武节气与德行兼备，故自战国晚期取用饰冠。

特色二：绶带。根据国家博物馆王方老师在《徐州北洞山汉墓陶俑佩绶考》中对彩绘仪卫俑的描述，陶俑身系三带，分别是系于腰间的"腰带"、垂于腹下正中的"组带"和右胯处的"绶带"。王老师已证北洞山汉墓彩绘仪卫俑腹下正中的丝带为绶带，其右胯处直接连系官印的丝带是绶带的一个组成部分叫"綟"，从綟的颜色来看，绝大多数为红色，有个别为黑色和白色。

完备的汉代佩绶制度是以绶带的稀疏、长度和色彩来区分官阶等级，其中又以色彩为首要标识，与不同质地的印章相配，从而标记官秩，如金印紫绶、银印青绶、铜印墨绶等。文献表明，同一条绶带的绶色并非一采，而是根据等级自下而上递增，最多至四采。所谓某色绶也只是就织物的地色而言。而北洞山楚王墓发现的绶则有黄赤、绿、紫、青、黑、黄等颜色。

特色三：除一件陶俑外皆佩有长剑，从佩剑的长短、颜色、装饰上可以看出，汉剑的种类繁多，装饰各异，也体现出佩戴者的身份各不相同。有的剑柄非常长，从肩部一直到腰部，而且剑柄上有数十道箍；有的剑首非常巨大，形状奇特，让今天的人们难以理解和想象。但通过考古发掘证明，在山东巨野红土山西汉墓和河北满城汉墓都出土过陶俑佩剑，反映出当时佩剑之风的盛行，也印证了《晋书·舆服志》中汉制"自天子至于百官，无不佩剑"的记载。

这些彩绘俑是我国迄今为止发现的汉代及以前色彩保存最好的彩绘俑群，堪称我国西汉时期陶俑艺术的精品，对研究西汉诸侯王的仪卫制度和服饰剑式提供了十分珍贵的实物资料。

女俑

1. 女立俑

女立俑发式为额前作两翼形隆起，中分后挽，顶部梳作圆髻形，然后合梳束发成垂髻（图3-64）。头顶绾髻处两侧以红彩绘出长条形圆首发笄。左右额发上侧有并列的三小孔，应为插置簪钗等饰物处。双耳垂轮处各有一孔，原似有耳珰等饰物。女俑发髻绘黑色，面部施粉，修眉细目，直鼻樱口，面容丰削适度，表情恬静自然，袖手而立。身着曲裾深衣，衣襟自领斜至腋下曲转盘绕，形成两个尖角装饰。这种女俑的身份较高，非婢妾之属，而应是楚王身边的女官或女侍。

图3-64　女立俑　　　图3-65　彩绘跽坐女俑

2. 跪坐女俑

北洞山楚王墓共出土 15 件这种形制的跪坐女俑（图 3-65）。陶俑发髻后挽，弧曲内收，双手拢膝跽坐，臀下两足相对而置。身着三重右衽深衣，中衣与外衣黄色，内衣红色，衣袖外翻。外衣为曲裾袍服，上描绘黑色花纹。领、袖皆有宽缘，并饰有纹饰。领、襟边缘皆镶珠，后背及前颈下饰流苏。衣纹服饰极具丝绸感。从其华美艳丽的衣饰来看，其身份较高。

驮蓝山楚王墓出土乐舞俑服饰特色

江苏徐州地区的北洞山楚王墓、狮子山楚王墓、驮篮山楚王墓、龟山二号墓等几座诸侯王级别的墓葬以及顾山一号墓均出土有陶舞俑，前襟细长，绕身数周。如徐州北洞山楚王墓出土的舞俑、驮篮山楚王墓出土的部分舞女俑，年代为西汉早期。舞俑多为长袖，这是汉代舞服最常见的样式。其下摆处巧妙地运用内外层的斜裁尖角形成错落缤纷的视觉效果，下摆后侧的圆弧形内凹，既有效地解决了长服行动不便的缺陷，也极具装饰效果。形态多样、错落复杂的装饰性下摆也是汉代舞服区别于常服的基本特点之一。西汉早期的舞服还有一个区别于常服的重要特点，就是有着细长的前襟，绕身数周形成富有装饰效果的曲裾服。

徐州地区出土魏晋南北朝陶俑服饰特色

魏晋南北朝时期，徐州经历了从隶属于南方到隶属于北方的巨大变化，这在文化上亦有所反映。徐州博物馆馆藏的陶俑出土地点多为徐州内华、三官庙、东甸子、石桥、楚岳山庄、狮子山等地的墓葬（图 3-66）。

能够体现东晋刘宋时期特点的是徐州内华墓。徐州内华墓的男俑个体较小，着帽或戴小冠。此时期汉代的巾帻依然流行，但与汉代略有不同的是帻后

图 3-66　魏晋南北朝陶俑

图 3-67 徐州内华出土男立俑

加高,体积逐渐缩小至顶,时称"平上帻"或叫"小冠"。小冠上下兼用,南北通行。陶俑上着右衽紧身短衣,下着裙,下半部作喇叭口状(图 3-67)。徐州地理位置特殊,既是南北对峙的要冲,又是文化交流的前沿,南北双方均能对其产生影响,内华陶俑也反映了这一特点。魏晋服装日趋宽博,成为风俗,并一直影响到南北朝服饰,上自王公名士,下及黎庶百姓,都以宽衫大袖,褒衣博带为尚。

狮子山出土的陶丫髻女立俑时代应该为北魏(图 3-68)。除双髻表现女性特征外,陶俑的整体形态,特别是宽厚的肩膀,与男俑无异。

北魏控制徐州地区是在 469 年宋魏争夺青齐地区的战争之后,已发掘的徐州北魏墓都属于北魏洛阳时代,这与北魏迁洛前后徐州政治地位的变化是相符的。

由于战争频繁,武士胄甲有很大发展(图 3-69)。比较典型的有筒袖铠、两裆铠及明光铠等。筒袖铠一般都用鱼鳞纹甲片或龟背纹甲片,前后连属,肩装筒袖。头戴兜鍪,顶上多饰有长缨,两侧都有护耳。两裆铠服制与两裆衫比较接近,材料以金属为主,也有兽皮制作的。明光铠是一种在胸背装有金属圆护的铠甲,腰束革带,下穿大口缚裤。这种铠甲到了北朝末年,使用更加广泛,并逐渐取代了两裆铠的形制。

以陶俑为代表的徐州地区魏晋南北朝墓葬面貌的变化,既是这个时期历史变化的产物,也是对历史变化的形象反映。

图 3-68 狮子山出土女立俑　　图 3-69 魏晋南北朝武士俑

第三节
垂缨腰玉与逆转珠佩响——三国两晋南北朝时期的装身用玉

左 骏

三国两晋南北朝时期长久以来都被看作是无序与混乱的代名词，这个混乱不堪的时代继承了东汉末年以来的骚乱和动荡。这个时段应该是以东汉献帝禅位魏王曹丕的220年为开端，至开皇九年（589年）隋灭陈为止，共计369年。

为什么要关注此时期的男女佩玉呢？因为装束佩玉可直接反映一个时代的顶层风尚和最流行的审美精神。

西晋人傅咸曾作《玉赋》，充分地表达了世人对玉的认识。其中说："玉之美与天地合德……玉秉其精，体乾之刚，配天之清，故能珍嘉在昔，宝用罔极。夫岂君子之是比，改乃王度之所式，其为美也若此。"

"装身"，顾名思义便是最贴近人们身体的装饰，它是指佩戴在腰间或是手持的大部分具有礼仪或指示性质的玉器，如佩在腰间的各类玉佩、系于腰上的玉带具；或是装饰在女性颈项与手腕上的宝玉石项（手）链、环在手臂或者腕上的钏、套戴于指间的玉环戒，甚至盘发使用的钗与簪等。

鸣玉

先谈男性佩戴的礼制的组玉佩、日常玉佩饰、佩剑上的玉饰、腰带等的使用情况。

三国两晋南北朝时期的组玉佩，是极具时代特色的一类玉礼器。从商周时期开始，组玉佩的佩戴方式和组合模式就不断变化，直到西汉建立，才逐步形成了相对固定的使用方法和组合。从考古出土情况看，西汉早期出现的较为新型的汉式组玉佩包括璜、觽、玉舞人等构件，东汉明帝又进行了改制、改创，如《后汉书》所载："孝明皇帝，乃为大佩，冲牙双瑀璜，皆以白玉。"在河北定县东汉晚期中山穆王刘畅墓中发现的各类镂雕环、"冲牙"、珩、心形佩似乎印证了这一点（图3-70）。

魏国建国伊始，礼制系统已接近崩溃的边缘，所以曹魏政权急需恢复国家的尊卑体制，"博物多识"并为世人所推崇的

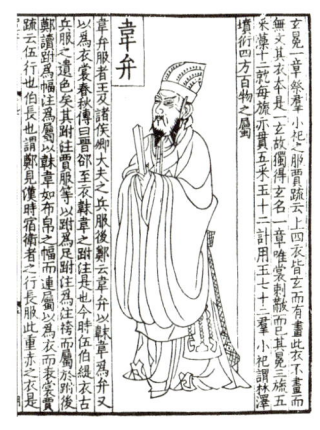

图3-70 宋聂崇义《新订三礼图》佩玉，宋淳熙二年（1175年）刻本

"建安七子"之一的王粲，便顺理成章地成为恒典制度的最佳人选。著名的山东东阿曹植墓中出土了4件组玉佩构件（图3-71）及一些玉珠和玛瑙珠，这些构件每一件的质地、颜色都基本相同，可能是取自同一块玉料。曹植逝于建国初，与王粲设计新式组玉佩的年代相距不远，故推测这4件可能是目前发现的王粲所创新型组玉佩的最早样式。

在流传至今的宋摹本中，东晋大画家顾恺之用灵巧的画笔对曹植所作的《洛神赋》有过描绘，在"愿诚素之先达兮，解玉佩以要之"的情节中，曹植立于华盖下，迈步向前，左手提随身所佩的组玉佩作赠与动作（图3-72）。或许当年曹植希望赠给飘下凡间的洛河女神的礼物，正是曹植墓中所出土的这套组玉佩。

图 3-71　山东东阿曹植墓出土组玉佩构件[1]　　图 3-72　东晋顾恺之《洛神赋图》（宋摹本）局部[2]

值得注意的是，在安徽当涂县青山东晋墓发现的刻纹构件中，有2件立璜及1件下珩，非常精美。类似的上珩、中珩，根据传世品及晚期墓葬发掘品完全可以复原出其原本的样子。以山西寿阳北齐库狄迴洛墓中发现的刻朱雀纹上珩为总领，搭配加拿大皇家安大略博物馆藏的传世品麒麟纹中珩，并将安徽当涂东晋墓出土的刻青龙、白虎纹立璜各分置中珩左、右侧，下端坠龟蛇合体的玄武纹下珩，基本上可以复原出带"四灵"刻画纹饰的组玉佩结构（图3-73）。

随着东晋晚期的衰败，局势再

图 3-73　四灵组玉佩构件及复原示意图[3]

[1] 国家博物馆：《中国国家博物馆馆藏文物研究丛书：玉器卷》，上海古籍出版社，2007，图161。
[2] 中国古代书画鉴定组：《中国绘画全集1·战国—唐》，文物出版社，1997，图四六。
[3] 据《中国出土玉器全集·3（山西）》第238页及《中国出土玉器全集·6（安徽）》第158、159、160、163页照片绘制。

次动荡，江南的组玉佩不仅开始用干涩柔软的滑石全面代替和田玉，数量也大幅减少。据文献记载甚至有用质地低劣的骨牙及蚌类制作组玉佩的情况。

作为标识身份的重要礼器，组玉佩在北朝也有使用，如上文所提及的北齐库狄迴洛墓组玉佩（图3-74），便是旧物利用一件魏晋时期朱雀纹上珩作引领的组合。起连接各组件功能的是一件琥珀蹲兽，代替了魏晋组玉佩构件的中珩。这套组玉佩上、下构件之间的空隙以缤纷的玛瑙、水晶珠饰装点，呈现出与南方简素风格截然不同的中亚风格（图3-75）。

图3-74 山西寿阳北齐库狄迴洛墓出土组玉佩相关构件

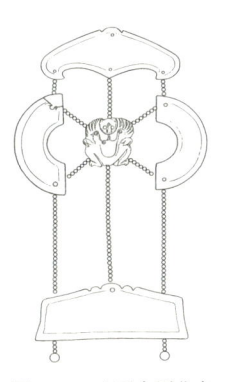

图3-75 山西太原北齐娄睿墓出土组玉佩复原（笔者绘制）

北周王士良墓出土有两套随身组玉佩，构件中无北齐的琥珀蹲兽。从西安出土的北周菩萨像腰两侧悬挂的组玉佩来看，此时期应该是以玉环形器作为连接中心的（图3-76）。唐初著名的艺术大师阎立本在绘制《历代帝王图》时，也似乎注意到了组玉佩的演变规律，特别突出表现了隋文帝所佩的那一件省去云头纹的梯形下珩（图3-77），和王士良的那套基本一致。

图3-76 西安出土的北周菩萨像腰部组玉佩[1]　图3-77 唐阎立本《历代帝王图》隋文帝所佩下珩[2]

[1] 中国社会科学院考古研究所：《古都遗珍——长安城出土的北周佛教造像》，文物出版社，2010，图三九。

[2] 上海书画出版社：《国宝在线：历代帝王图》，上海书画出版社，2003，第16页。

按文献记载，组玉佩主要通过颜色区分佩戴者的等级，权贵们是否遵循着国家的法典而"各司其职"呢？对现今所有相关的考古发现，特别是身份明确的资料做了统一对比后，情况并未如文献记载的那样切合实际。

"玉玦"通常被认为是一种有缺口的环状器具。在汉代的文献中，"玦"是"射玦"（韘）或它的衍生品。在山东青岛土山屯西汉墓中出土的衣物疏上记有"玉决一"，"决"通"玦"，由于其所记载的物品和棺中实物都可一一对应，能推断随葬品中的一件"韘形佩"便是汉代文献中所见的"玦"。东汉晚期襄樊菜越曹魏墓中，玉玦出土时佩于主人的腰部，这也证明了其是当时男性流行的玉佩饰（图 3-78）。

湖北襄樊菜越三国董姓贵族墓出土[1] 　湖南安乡黄山西晋刘弘墓出土[2] 　江苏南京仙鹤观高氏家族墓出土[3]

图 3-78　三国至东晋时期玉玦

在东晋、南朝时期，玉环佩已不是礼制或装饰玉器的主流，数量也无法和两汉时期相提并论，而且早期遗留品依然占多数，如东晋、南朝墓中曾发现一些具有典型战国特征的"谷纹"环、属于西汉时期的镂空玉环（图 3-79 左）。六朝最为著名的玉器，莫过于南京邓府山六朝墓出土的立凤螭虎纹玉环佩（图 3-79 右），但它实际上是一件东汉时期的玉器。据文献记载，玉环佩也是相互赠与的贵重物品。东晋大将军王敦为了拉拢名臣周访，曾派人赠送玉环；宋孝武帝刘骏曾将自己所用的玉环赐给江夏王刘义恭；梁武帝萧衍曾将自己佩用的玉环赠给柳道。在赐赠玉环的时候，还往往一并赠与供穿系的绶带，即所谓"玉环大绶"。大绶是用来佩官印或者玉佩的丝带，一端与玉环连接，另一端与佩者相连，在汉末的画像石上能找到这样佩用玉环的人物形象（图 3-80）。

江苏南京仙鹤观高氏家族墓出土[4]　江苏南京邓府山东晋墓出土[5]　江苏睢宁双沟汉画像石墓 　山东曲阜窑瓦头汉画像石墓

图 3-79　玉环佩　　　　　　　图 3-80　玉环佩佩用[6]

---

[1] 襄樊市文物考古研究所:《湖北襄樊城菜越三国墓发掘简报》,《文物》, 2010 年第 9 期, 图三四。

[2] 古方:《中国出土玉器全集·10（湖北、湖南卷）》, 科学出版社, 2005, 第 239 页。

[3] 王志高、张金喜、贾维勇:《江苏南京仙鹤观东晋墓》,《文物》, 2001 年第 3 期, 第 171 页。

[4] 襄樊市文物考古研究所:《江苏南京仙鹤观东晋墓》,《文物》, 2001 年第 3 期, 图三〇。

[5] 古方:《中国出土玉器全集·7（江苏、上海卷）》, 科学出版社, 2005, 第 182 页。

[6] 孙机:《汉代物质文化资料图说》, 上海古籍出版社, 2011, 图版 62: 4、5。

汉代传统，魏晋因循，玉具剑也屡见于文献记载。魏文帝曹丕所撰《送剑书》表明这类玉具剑或是奉命铸造生产，或是源于上层对臣下的赏赐；又如顾恺之《列女仁智图》上人物晋伯宗，腰间的佩剑明显是有装饰的剑具（图3-81）。江苏南京仙鹤观高悝墓出土了一套完整的玉具剑，位于墓主左身侧，尤其幸运的是，其上的玉剑饰基本保持了早年与铁剑组合时的状态（图3-82）。

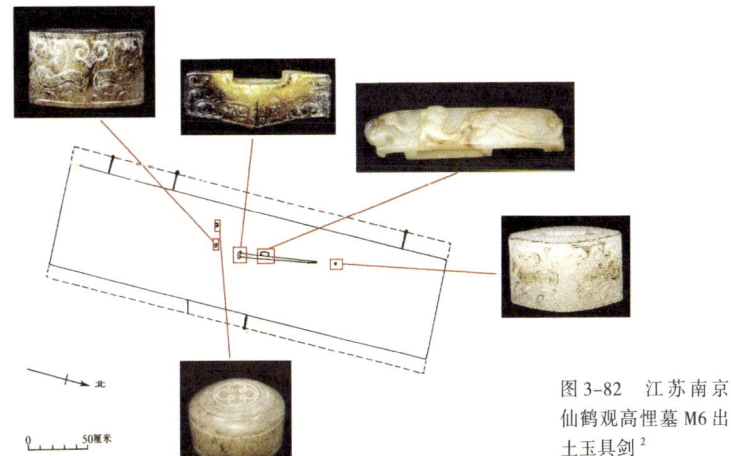

图 3-81　东晋顾恺之《列女仁智图》（宋摹本）晋伯宗像[1]

图 3-82　江苏南京仙鹤观高悝墓 M6 出土玉具剑[2]

北朝高等级的玉具剑仅限于帝王和太子使用，其剑首与普通官员不同，被称为"火珠镖首"。依据《历代帝王图》中的描绘，魏文帝和晋武帝画像中剑柄均做鹿卢状，剑首部位安置一件白色（应表示白玉或水晶质地）"放射花瓣状"的剑首，便是所谓的"火珠镖首"。不过这样高等级的玉具剑尚未有实物发现。

东汉明帝永平二年（59年）对冕服作了详细规定。冕冠前后的垂旒是由白玉制成的小圆珠串联而成的，又称为"瑬"。早期玉珠在冕冠前、后各仅有一排，用五彩的"繏"与冕板相连，垂于最下端（图3-83）。河南安阳魏武帝高陵中出土的零星玉质小珠串（图3-84），笔者曾认为很有可能是冠冕上的垂珠，但曹操逝于汉末，且以汉魏王身份下葬，故其点缀冕冠的垂珠当然不会是纯色白玉。

图 3-83　唐阎立本《历代帝王图》光武帝刘秀（局部）[3]

图 3-84　东汉末玉、玛瑙质串珠[4]

[1] 中国古代书画鉴定组：《中国绘画全集 1·战国—唐》，文物出版社，1997，图二八。

[2] 据《江苏南京仙鹤观东晋墓》图片合成。

[3] 上海书画出版社：《国宝在线：历代帝王图》，上海书画出版社，2003，第 5 页。

[4] 国家文物局：《2009 中国重要考古发现》，文物出版社，2010，第 90 页。

带钩由东周时期的游牧民族引入，这种整体呈条形、带有细小弯钩的器具，古代文献中又称为"钩"。目前玉带钩仍频繁地发现于高等级墓葬中（图3-85）。具有确切出土纪年的东晋玉带钩发现于南京象山九号墓，墓主人是安葬于东晋时期的王建之，玉带钩出土时还完好地保留在主人的腰部，同样的情况也曾在象山七号墓中发现（图3-86）。说明政权南渡后玉带钩仍是实用器具，并服务于士人的装束。

江苏南京仙鹤观高氏家族墓出土[1]　　安徽马鞍山当涂东晋墓出土[2]

图3-85　三国至东晋时期玉带钩

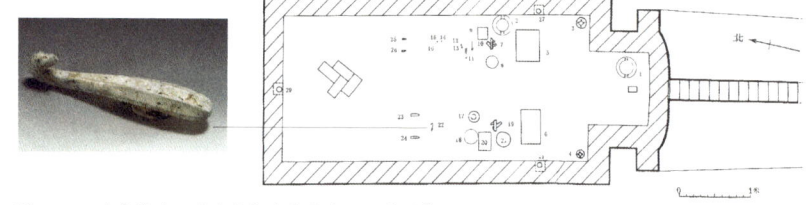

[1] 中国玉器全集编辑委员会：《中国玉器全集：4 秦·汉—南北朝》，河北美术出版社，1993，图二八七：3、4。

[2] 古方：《中国出土玉器全集·6（安徽卷）》，科学出版社，2005，第161页。

图3-86　南京象山王建之夫妇合葬墓出土玉带钩[3]

[3] 据《南京象山8号、9号、10号墓发掘简报》部分图片合成。

[4] 左骏、王志高：《中国玉器通史：三国两晋南北朝卷》，海天出版社，2014。

西汉末年至东汉时期，开始出现一种镶嵌宝石的奢华腰带头。《后汉书》中记为"黄金辟邪，首为带鐍，饰以白珠"。其中黄金表示质地，辟邪则是表明装饰有螭虎纹样，白珠是指镶嵌珍珠装饰（图3-87）。

玉带头以上海博物馆收藏的一件传世品最为著名，其珍贵之处不仅在于构思的巧妙和雕琢的精美，重要的是带头背后两侧边缘镌刻带有干支纪年的匠作铭文，自铭"衮带鲜卑头"，说明曾是帝王所使用的（图3-88）。早年研究者通过残存干支推算其制作年代有"东晋废帝、刘宋文帝"两说。笔者曾综合龙纹风格和琢刻的技术水平，提出其可能

[5] 中国金银玻璃珐琅器全集编辑委员会：《中国金银玻璃珐琅器全集·1·金银器（一）》，河北美术出版社，2004，图六〇。

[6] 中国金银玻璃珐琅器全集编辑委员会：《中国金银玻璃珐琅器全集·1·金银器（一）》，河北美术出版社，2004，图二二〇。

[7] 古方：《中国出土玉器全集·5（河南卷）》，科学出版社，2005，第232页。

朝鲜平壤石岩里九号墓出土[4]　　新疆焉耆黑城出土[5]

湖南安乡刘弘墓出土[6]　　洛阳夹马营东汉墓出土[7]

图3-87　东汉至晋时期金、玉带头

是曹魏时期曹芳在位的嘉平二年（250 年）所制。近年在洛阳西朱村曹魏皇族大墓中发现的记物石牌，其中两块即有"衮带金鲜卑头""金鲜卑头镰"的字样，似乎可为"曹魏说"提供一个佐证（图 3-89）。

图 3-88　上海博物馆馆藏玉带头 [1]　　图 3-89　洛阳西朱村曹魏皇族大墓出土石牌 [2]

南北朝时期开始出现一类带有扣环、垂环的带具，不少为玉制（图 3-90）。扣环是用来与带头扣合，垂环是为了能够垂挂物品，这意味着更加方便在骑马时佩戴。中亚带具系统中的扣环也是为了便于在腰间携带各类适合长期迁徙的生活工具，南北朝时期的扣环应是受此影响。在当时的图画资料上还发现带具上可垂挂各类东西（图 3-91）。

金、玉是最能体现东西方文化差异的珍贵物质载体。陕西长安初唐窦皦墓出土了另一类精美的玉带，各部分都采取了玉框架，中部空留处以金钉铆合纯金板为底，以金线采用焊接技术将内部空间划分出大小不一的花纹凹槽，再镶嵌珍珠及各色宝石，极具有浓厚的中亚及萨珊风格，即北朝文献记载的"金镂玉梁带"（图 3-92）。同类的还有金属制品。这类物品使用方式参考永宁寺的影塑作品。另从出土品和文献记载看，南北朝晚期开始，"玉玦"已经是特指玉带具的带头。

[1] 张尉：《中国古代玉器：上海博物馆藏品研究大系》，上海人民出版社，2009，图 142a。

[2] 史家珍、曹锦炎、王咸秋、孔震：《流畎洛川》，上海书画出版社，2021，第 209、202 页。

[3] 刘云辉：《北周隋唐京畿玉器》，重庆出版社，2000，B1—B3、T112。

[4] 夏名采：《益都北齐石室墓线刻图像》，《文物》，1985 年 第 10 期，图二。

[5] 刘云辉：《北周隋唐京畿玉器》，重庆出版社，2000，T11。

图 3-90　北周咸阳机场若干云墓出土玉制 [3] 　　图 3-91　山东青州傅家村线刻石画像 [4] 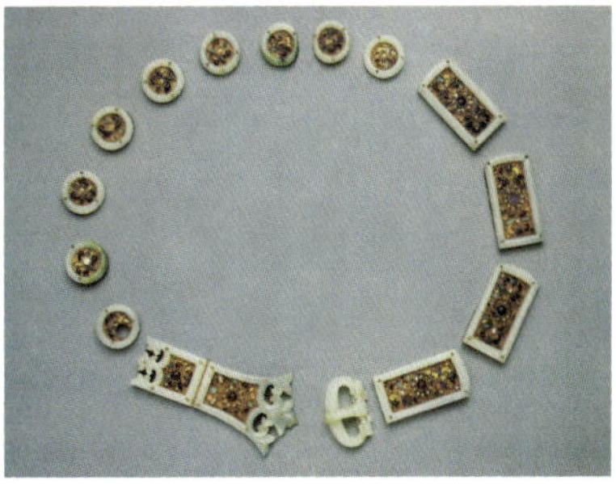　　图 3-92　玉梁金框宝钿真珠装环（蹀躞）带 [5]

珠响

两汉时期，头和身部之间的串饰逐步成为女性的装饰之一。在金银制品中加入宝石，也为东汉时期华贵而高雅的串饰增添了张扬而个性的美。如在山东洗砚池晋墓的女童腕部发现了大量琥珀、煤精微雕、金银珠和铃铛，在串饰中增添铃铛极具时代特色，或能得到诗中"逆转珠佩响"与"踏蹑佩珠鸣"的效果（图 3-93）。而这类精美的铃铛上面往往还会镶嵌各色宝石，如北京西晋华芳墓中出土的镶宝石银铃（图 3-94），其顶部是一只匍匐的神兽，铃上一周装饰着 8 位正在聚精会神吹奏各类乐器的胡人乐伎，下连弧状的垂幕，垂幕外接悬更小的银铃，其他空隙处布满了用以嵌镶宝石的圆形凹槽。可以看出，这件银铃铛具有精湛的工艺与浓厚的西域风情。

图 3-93 山东临沂洗砚池晋墓出土珠饰[1]　　图 3-94 北京西晋华芳墓出土镶宝石银铃[2]

江苏南京仙鹤观高悝墓中出土的高悝夫人的串饰，是由金铃、银铃、金珠、金禽兽、金环、琥珀兽、琥珀珠、琥珀胜、松石兽、松石珠、水晶珠、玻璃兽、玻璃珠等组合而成（图 3-95）。

图 3-95 江苏南京仙鹤观高悝墓（M6）出土东晋微雕金动物项饰[3]

图 3-96 广州西村石头岗南朝墓出土项饰[4]

三国两晋南北朝的项饰绝大部分是以串珠的形式组合使用的，大小不一、形状各异的玻璃珠是项饰的基本构件。串珠项饰中最为耀眼的是在广东西村石头岗南朝墓中出土的一件套色的玻璃花珠，这无疑是西亚或者地中海地区产品（图 3-96）。

---

[1] 据《临沂洗砚池晋墓》彩图拼合。
[2] 中国金银玻璃珐琅器全集编辑委员会：《中国金银玻璃珐琅器全集·1·金银器（一）》，河北美术出版社，2004，图二三四。
[3] 南京市博物馆：《六朝风采》，文物出版社，2004，图152。
[4] 黄庆昌：《广州海上丝绸之路的考古发现》，岭南美术出版社，2011，第19页。

自两汉以来，广东省与广西壮族自治区是发现半宝石项饰最为集中的地区，这与两地优越的地理位置紧密相关。

项饰在游牧民族中有着更悠远的使用传统，北魏对北方实行有效统一管理之后，随着陆上丝绸之路的畅通，西方宝石装饰品成为北方女性串饰的主流。在北朝鲜卑贵族墓葬里，项饰构件的主体几乎均为玛瑙、琥珀、水晶。与南方不同，北方所见的项饰，无论长短或是粗细，几乎都是素面的珠形，也不做过多的雕饰（图3-97）。此时金镶嵌的首饰也快速地兴盛起来（图3-98）。

图3-97　山西大同南郊北魏墓M109出土宝石项饰[1] 　图3-98　北魏镶宝石金首饰[2]

魏晋时期继承两汉传统，依然盛行佩"胜"，汉代谈及"胜"，人们会联想到长寿的仙药，更能想到制作仙药的西王母，以及她标志性的头饰——"胜"。她的装束在大量的汉代画像石与画像砖上都有写实的描绘。汉末的山东嘉祥武梁祠的石壁上就刻画了"双胜"的造型，被认为是祥瑞的征兆。从中可以看出两汉"胜"形的演化过程。资料表明，玉胜出现在西汉末期，起初是"双连胜"形；到了东汉，由于谶纬思想的介入，将可以代表勺子和臼的装饰加在连胜两端（东汉时期最重要的改变是胜的平面简化）。经过三国两晋的延续，东晋时期的胜形佩几乎完全脱离了连胜的造型，近乎扁平的两端也不再明显，完全几何抽象化了（图3-99、图3-100）。

图3-99　江苏南京仙鹤观高崧夫妇墓（M2）出土琥珀胜[3] 　图3-100　江苏南京郭家山温嵩墓出土金胜[4]

[1] 据《大同南郊北魏墓群》彩版拼合。
[2] 中国金银玻璃珐琅器全集编辑委员会：《中国金银玻璃珐琅器全集·1·金银器（一）》，河北美术出版社，2004，图八五、二四一。
[3] 王志高、张金喜、贾维勇：《江苏南京仙鹤观东晋墓》，《文物》，2001年第3期，封三：2。
[4] 南京市博物馆：《南京市郭家山东晋温氏家族墓》，《考古》，2008，图版叁：5、7。

图3-101　何家村窖藏金镶玉臂钏[1]

汉晋之际，常见"珠环"一词，这或是因为此时的人们乐于将珠子编串成腕饰。两晋流行以天然珍珠串联固定的臂饰，如《西长安行》诗中所言："香隥双珠环，何用重存问？"在长沙发现的东晋潘氏墓衣物疏清单中，就记载陪葬有这样的珠串，当时称为"臂珠"。制作臂珠的大珠仅产自南方合浦地区，十分珍贵。臂钏不常见于两汉，却大兴于魏晋之后，唐代尤盛，其来源或同样与佛教的东传不无关联。陕西何家村窖藏内发现过高等级金玉嵌宝石臂钏的实物（图3-101），而在佛教题材飞天或是菩萨造像的壁画中，常见有箍于两臂上的臂钏。据记载，南齐的东昏侯萧宝卷，为取悦爱妾潘妃，曾命玉工毁玉佛像制作玉钗和玉钏，价值不菲。

自西晋开始，金、银质的类似臂钏的窄体环状物在墓中女性的手腕边多有发现。一般它们两两对称地套戴在女性的手上，或者数量更多。有研究表明，多件环状器组合时与"跳脱"的使用方式类似。"跳脱"又称"条脱"，当时为极窄的单件环状圈饰，或是多件钏的组合装饰物。鲍令晖有诗"玉钏色未分，衫轻似露腕"即是；而玉腕钏也可多件组合佩戴，可随手腕的摆动撞击发出美妙声响，故有"稍闻玉钏远，犹怜翠被香"之句。南京石子岗南朝墓发现过一件残存近1/8的白玉环状饰件，内侧面转角平滑，笔者曾推测这是一件珍贵的南朝玉钏残件。

汉魏之际，指环从最初北方草原的护身符演变成中原女士手指间耀眼的装饰品。如南京上坊东吴大墓出土的金指环，其上錾刻对首神兽，顶部的圆孔原均镶嵌了珍贵的宝石（图3-102左）。相比之下，玉指环却是最为少见的，河北赞皇的北朝墓群里发现了2枚白玉质的指环，指环上均琢出一个椭圆形的台面，很显然是模仿中亚的一类镶嵌宝石的金属指环而制作的（图3-102右）。北朝的嵌宝石金制品与西亚文明密不可分（图3-103），无论是通过文化的交流相互倾慕，还是通过贸易上的友好往来，都让原本远离西方宝石概念的中国人，对外来的贵重制品产生出浓厚的兴趣。

[1] 古方：《中国出土玉器全集·14（陕西卷）》，科学出版社，2005，第205页。

江苏南京上坊东吴大墓出土 　　河北赞皇李弼夫妇合葬墓出土　　陕西西安北周史君墓出土 　　山西太原王家峰徐显秀墓出土

图3-102　神兽对首纹金指环及玉指环　　　　图3-103　三国两晋南北朝金玉指环

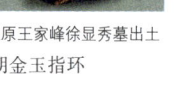

冕冠本体没有明显的玉饰，但是高等级冠类离不开通用的束发用具——笄，或称为簪导、介导，东晋时期只有天子的簪具才会使用玉料制作（图3-104、图3-105）。历代帝王图中所见有三类方首簪导，或四边形素面，或呈五边形，部分簪首面还饰有"卍"字纹。文献和出土品证实，有机宝石是当时簪具的主要原料，以南方的犀角和热带海洋里的玳瑁最为常见。江西南昌晋"中郎"吴应棺内出有墨书衣物疏，其上便记有"犀导一枚"。

图3-104 《历代帝王图》陈宣帝（局部）[1]

图3-105 青海西宁南滩砖瓦厂魏晋墓山上玉簪[2]

钗从外表看与簪最显著不同的是它具有类似树枝分权的双股钗脚，这一新的头饰品种最早可能出现于东汉时期。后来各类质地的钗饰更普遍地使用在女性的"头面"装点上。钗类的出现还形成了头簪、钗的配合使用模式，这种组合出现在东汉稍后的晋代。此时有机宝石质的钗类仅零星地发现过。目前已有发现南朝时期玉制钗具，以玉或有机质宝石制作"U"形钗首，钗脚以贵重金属包镶而成。

北朝晚期的玉钗以北周田弘墓出土的田弘夫人玉钗为代表，整体浑圆、厚实，特别是钗首部分表现得更加显著，而双股钗脚显得较短（图3-106）。出现于北朝晚期的厚圆体玉钗，没有在其他质地的相同器类上发现与之相近者，或许这便是此时期钗类改造的成功之处。在吐鲁番阿斯塔那古墓群唐代早期绢画上，一件类似北周晚期的扁厚体白玉钗自上而下插在仕女后部发髻的左侧（图3-107）。

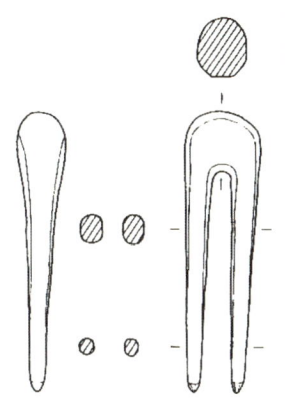

图3-106 宁夏固原田弘墓出土玉钗[3]

图3-107 唐无款《仕女图》（局部）绢本[4]

[1] 南京市博物院：《南京上坊孙吴墓》，南京市博物院，2006，第43页；北京大学考古文博学院、河北省文物考古研究院：《赞皇西高北朝赵郡李氏家族墓地——2009-2010年北区发掘报告》，科学出版社，2021，图版四八。

[2] 西安市文物保护考古所：《西安北周凉州萨保史君墓发掘简报》，《文物》，2005年第3期，图四七；常一民、裴静蓉、王普军：《太原北齐徐显秀墓发掘简报》，《文物》，2003年第10期，封面。

[3] 古方：《中国出土玉器全集·15（甘肃、青海、宁夏卷）》，科学出版社，2005，第193页；原州联合考古队：《北周田弘墓》，文物出版社，2009，图八〇：6。

[4] 中国古代书画鉴定组：《中国绘画全集：五代宋辽金2》，文物出版社、浙江人民美术出版社，2000，图六四。

北周末年或隋早期，玉钗形制已有明显变化，玉的质料更是前所未有的上乘，高档的白玉料开始较多地使用在头饰钗类制品上。这在北周贺拔氏的墓内发现的4件玉钗上表现得很突出：钗首仍保持宽体，两股钗脚为细长形显得劲力十足，形制已趋向同类金属质地（图 3-108）。陕西西安李静训墓出土的 3 件玉钗与其形状相似，也为白玉质（图 3-109）。永宁寺一件影塑中侍女发髻两侧有用于钗脚的插孔。类似钗头图像还见于北魏线刻人物、著名的《皇后礼佛图》，以及晚唐五代《簪花仕女图》（图 3-110）中。

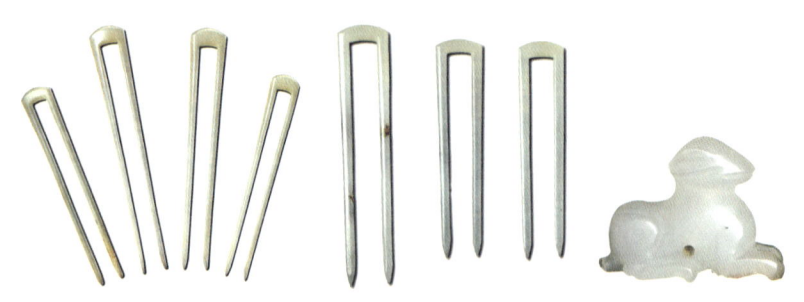

图 3-108　咸阳底张湾尉迟运与贺拔氏合葬墓出土玉钗[1]

图 3-109　陕西西安李静训墓出土玉器[2]

三国两晋时期玉礼制度和用玉习俗历经丧乱、整合乃至重建，逐渐形成了极具时代特色的用玉观和审美情趣。如隋皇室李静训墓中所出土的金镶宝石项链、洁白玉小兽、玉钗，以及指间金玉的指环，整体华丽而不失庄重。隋唐承接南北朝以来的玉器风格，保留了自汉盛行的动物造型的传统样式，秉持了华夏民族始终如一的审美、精神品格和礼制传统，是华夏传统玉文化传承发展的缩

图 3-110　唐周昉《簪花仕女图》（局部）绢本[3]

影。而李静训墓出土的金镶宝石项链、金镶宝石手钏（图 3-111），以及初唐时期窦皦墓中所见的玉梁金钿花带具，都闪烁着中外交流、文化交融的熠熠之光。

---

[1] 刘云辉：《北周隋唐京畿玉器》，重庆出版社，2000，图 S19。

[2] 刘云辉：《北周隋唐京畿玉器》，重庆出版社，2000，图 S22、图 S23。

[3] 上海书画出版社：《国宝在线：唐宫仕女》，上海书画出版社，2003。

[4] 刘云辉：《北周隋唐京畿玉器》，重庆出版社，2000，图 S20、图 S21。

图 3-111　陕西西安李静训墓出土镶嵌宝石金器[4]

第四章 文物鉴赏

第一节
中国丝绸博物馆藏魏晋南北朝绞缬绢衣鉴赏

王业宏

本次主要鉴赏的服装为北朝绞缬绢衣。图4-1中的绞缬绢衣是迄今发现的魏晋南北朝绞缬服饰中保存最为完整的一件,属于国丝馆馆藏一级文物。

绞缬绢衣为对襟广袖短衣,领襟镶有缘边,下摆平齐。前襟有两对系带,衣襟下摆微微相交。袖子呈喇叭状,镶有袖口。通身鹿胎缬纹样。

根据修复后的实物测量可知,横向长度:两袖通长192厘米,其中从背中线依次为衣身宽度38厘米,中段袖宽40厘米,袖口宽18厘米,胸宽64厘米,下摆宽71厘米。纵向长度:衣长72厘米,挂肩26厘米,袖口44厘米。

绞缬绢衣的结构呈左右对称,分别由衣身、衣袖和袖口组成,另加一条领襟缘、四条衣带和袖口衬里。衣身、衣袖和袖口都由整块绞缬绢裁制,领襟缘后中线处没有接缝,基本为整块面料(图4-2),在右侧衣缘底部有局

图4-1 北朝绞缬绢衣正面

图4-2 北朝绞缬绢衣背面

部拼接（图 4-3），可能是面料长度不够所致。衣带上面一对为红绢带，长约 47 厘米，下面一对为绞缬绢带，长约 42 厘米。广袖的造型是这件服装的设计亮点，它的结构比较特殊，袖根至袖口的弧形在结构上并不是弧形造型线，而是矩形。弧形的产生是袖片在袖底打褶后形成的（图 4-4）。具体来说，袖身衣片净样约为 40 厘米 ×88 厘米。将衣身和袖身对折，衣身与衣袖相连接处的落肩为 26 厘米，袖身与衣身连接处的纵向宽为 44 厘米，将二者肩中线（对折）位置对准，袖身底部比衣身长 18 厘米。将多余的 18 厘米沿衣身与袖身缝合线向内缩进，形成一个 9 厘米的大褶，将褶固定在接缝处就完成了广袖造型的设计，前后皆如此。

图 4-3　领襟缘右下局部 　　图 4-4　绞缬绢衣袖子打褶的部位

绞缬绢衣的面料为平纹绢（图 4-5），绞缬纹样为 0.3~0.5 厘米大小的圆形空心和半空心点，每行相邻两点之间的距离为 0.4 厘米左右，行间距为 1 厘米左右。相邻两行的点基本呈交错排列，形成整体的斜向纹路，斜度大致为 40°~45°。在这件绞缬绢衣上，纹路分为左斜和右斜（图 4-6、图 4-7）。整体看，除右袖身外，一个裁片的斜向是一致的。右袖身在肩中线偏前身位置有一段空路（面料没有断开），上下纹样呈对称分布，是面料折叠后再绞缬形成的纹样（图 4-8）。

图 4-5　绞缬绢衣面料组织结构　　图 4-6　绞缬纹样左斜排列及纹样特点

绞缬纹样的形态也分为两种，一种是半空心状（醉眼缬），一种为空心状，也是由于面料折叠后绞缬，在染色过程中接触染料面积不同导致的。魏晋南北朝时期的绞缬服饰和织物在西北地区也有一些文物出土，最著

图 4-7　绞缬纹样右斜排列及纹样特点　　图 4-8　绞缬绢衣右袖肩部细节

的一件是 2002 年甘肃花海毕家滩 M26 出土 "紫绣襦" 残片（绣与缬同义）。据随葬衣服疏记载，墓主人为东晋时 "大女孙狗女"，死于升平十四年（377年）九月十四日。这件衣服的绞缬纹样呈方形，纹样排列与绞缬绢衣相似（图 4-9、图 4-10）。而国丝馆馆藏绞缬绢衣的纹样为圆形，两者形态差别很大。考察所见鹿胎缬，包括后来的唐代实物（如日本正仓院收藏），点的形态基本上就分为这两种——方形和圆形（圆形包括半空心和空心状）。点的形状与面料和捆扎手法有关，如果面料相同，就是手法的不同。绞缬的方法可分为徒手绞和工具绞。根据作者目前的研究和复原实践，国丝馆馆藏绞缬绢衣图案用徒手绞的方法可以复制（图 4-11），还原度很高，而用工具绞则相差较大。

根据国丝馆技术部提供的染料检测结果，这件绞缬绢衣主要用含有单宁酸的植物染料染制。经过复原实践，使用石榴皮的实验结果与文物最为接近。

此外，根据绞缬纹样的排列，基本可以判断如何排料，进而可以还原魏晋南北朝时期一种大袖衫的制作方式。

图 4-9　甘肃花海毕家滩紫绣襦及纹样细节（1） 　　图 4-10　甘肃花海毕家滩紫绣襦及纹样细节（2）

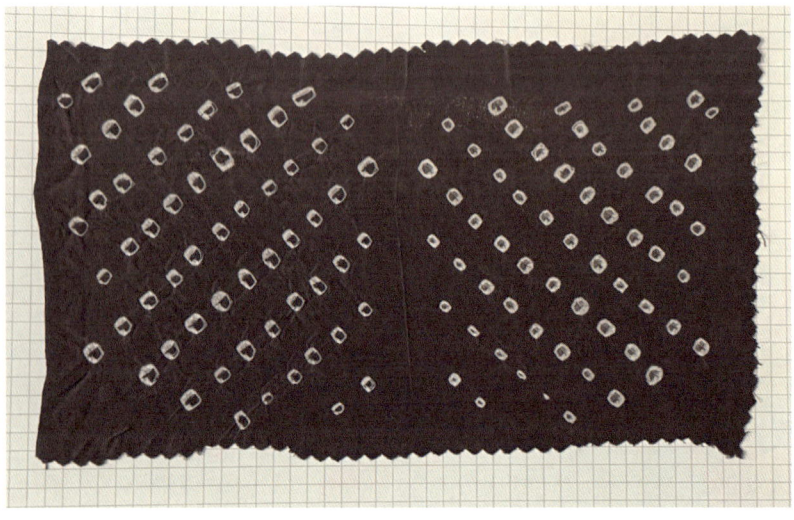

图 4-11　双层面料折叠后徒手绞鹿胎缬纹样复原

第五章

汉服之夜

第一节
汉晋风流——汉晋时期服饰结构复原概述与展示[1]

展示团队：襦一坊

故事梗概

汉晋时期是华夏民族文化重要的定型和发展时期。汉代继承前秦制度建立并发展了以中央集权为核心的大一统体制，也开创了中华大地上前所未有的强盛局面。汉代服饰最能彰显时代气质，在传统服饰文化体系中占有基础地位。汉代在文化艺术上，继承了先秦楚文化的浪漫主义，并演化出更加雄浑的气象和宏大恣肆的想象力。

魏晋南北朝作为汉统崩溃之后的乱世，这一时期的服饰文化在继承汉代服饰系统的同时，也有了更多美学上的突破。因此，汉晋时期形成了丰富而成熟的衣冠服饰体系，其作为华夏服饰体系中最具代表性的一环，对后世服饰文化的延续与发展产生了极为深远的影响。

---

[1] 本篇撰稿人：陈一然，广东职业技术学院讲师。

曲裾袍服——西汉贵族女子装束

曲裾袍服为西汉时期常见的贵族女子装束,无论是从湖南长沙马王堆一号墓出土的 T 型帛画中辛追夫人画像局部(图 5-1、图 5-2),还是湖南长沙仰天湖战国楚墓出土的彩绘女木俑等文物中,都显示出这种交领右衽、衣襟绕身而裾的袍服,是这一时期女性常见的服饰装束。

襦一坊团队复原的曲裾袍服(图 5-3、图 5-4),参考湖南博物院馆藏马王堆一号墓出土的朱红菱纹罗丝棉袍(图 5-5、图 5-6)。这件衣袍是以朱红菱纹罗为面料,用素绢做衬里、衣缘,里面再垫上丝绵制作而成。衣服的样式为上衣、下裳相连成一体、交领、右衽、衣襟绕身而裾。这种款式在西汉早期贵族妇女中广为流行。

交领、右衽是汉服的典型特征,交领指衣服前襟左右相交。右衽的"右"是相对于穿衣者本人而言的,指的是衣襟是向右掩,即左襟盖住右襟。这种上衣下裳相连的袍服下摆不开衩口,而是将衣襟接长,向身后斜裹,既不妨碍走路,又不会使其里外露,在当时不失为一种实用的服装。衣袍内絮有丝绵,因交领、右衽、衣襟绕身而着谓之曲裾。

辛追夫人是西汉初期长沙国丞相的夫人。据考古数据,其出土时身高 154 厘米,但据专家复原推算当时

图 5-1 T 型帛画(图源:湖南博物院官网)

图 5-2 T 型帛画(局部)辛追夫人

图 5-3 香云纱曲裾袍服复原展示

图 5-4 香云纱曲裾袍服复原效果

图 5-5 朱红菱纹罗丝棉袍（图源：湖南博物院官网）

的身高约为 167 厘米。朱红菱纹罗丝棉袍出土时非常完整，湖南博物院提供了精确的尺寸数据，团队在文物原始数据基础上结合模特的身材数据推算放量展开复原工作，面料采用了经典的红色龟裂纹香云纱，经典的红色加上自然形成的龟裂纹相当符合西汉时期古朴大气的审美。妆容上则参考了同一时期的彩绘拱手跽坐女俑（图 5-7、图 5-8），妆容面白，平眉，梳堕马髻。

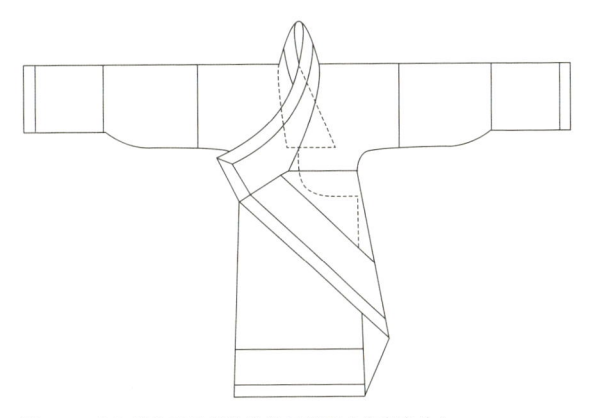

图 5-6 朱红菱纹罗丝棉袍结构示意图（作者自绘）

图 5-7 彩绘拱手跽坐女俑（1）（图源：微博 @阿森的小小世界）

图 5-8 彩绘拱手跽坐女俑（2）（图源：微博 @阿森的小小世界）

直裾袍服——西汉贵族男子装束

西汉时期的贵族男子装束，复原参考同为湖南博物院馆藏马王堆一号墓出土印花敷彩丝棉袍（图5-9）和素纱襌衣（图5-10）。中衣领型参考新疆民丰尼雅墓出土东汉时期的女子绢上衣。

团队采用云鹤纹重缎香云纱复原这款印花敷彩丝棉袍，为交领右衽直裾袍（图5-11），衣襟自腰线垂直向下，衣服的样式为交领、右衽、直裾。直裾的前襟呈矩形，衣服穿上后，衣襟垂直于地面，不像曲裾那样紧裹于身，下摆膝线后微微加大，方便行走，在汉代多为男子穿着。从马王堆汉墓出土的《车马仪仗图》（图5-12）等西汉时期大量的出土文物可见，直裾袍服应是西汉时期常见的贵族男子装束。

墓中出土的外穿素纱襌衣是一级国宝，整体重量49克，轻薄微透，体现了西汉时期超高的丝绸制造技术。而通过山东青州香山汉墓出土的男俑（图5-13）可以看到这种三层叠穿的穿法在汉晋时期非常流行，也被称之为"三重衣"。

图5-9 印花敷彩丝棉袍（图源：湖南博物院官网）

图5-10 素纱襌衣（图源：湖南博物院官网）

图5-11 云鹤纹重缎香云纱汉服展示

图5-12 《车马仪仗图》

图5-13 香山汉墓男俑（图源：微博@历史刘老师V）

图5-14 《女史箴图》局部（图源中华珍宝馆APP）

东汉 持镜女陶俑　　新疆汉毛纱裙　　汉晋 楼兰遗址出土　　疑似杂裾文物　　东晋 执盾武士俑　　汉 新疆出土男子裙

图5-15 参考文物资料

半袖裙襦——女子礼佛常服

东汉末至晋时期，在东晋顾恺之《女史箴图》（图5-14）以及一些壁画或者陶俑等文物中可以见到这样的人物形象：他们叠穿交领上襦，裙子在腰间系结，半袖或者裙摆边缘有类似今天荷叶边的装饰，蔽膝或者衣摆内侧会出现不同形态的三角形装饰（图5-15）。这便是这一时期的女子礼佛常服：裙襦。

团队复原的这一时期服饰，中衣为交领、带腰襕、垂胡袖型，外层叠穿交领荷叶边半袖为山水云纹珍珠缎香云纱（图5-16）。下裙为九破间色裙缀有荷叶边。外加蔽膝，整体形态参考自北魏时期的司马金龙墓出土屏

图5-16 山水云纹珍珠缎香云纱汉服展示

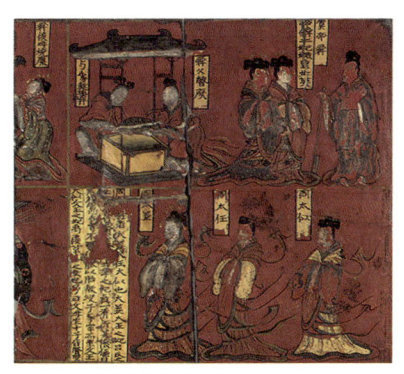

图5-17 屏风木板漆画局部（图源山西博物院官网）

风木板漆画（图5-17）。妆造上，这一时期女子时兴高髻、阔眉，以同时期的陶俑和壁画造型为参考进行复原。

交领裙襦——魏晋女子常服

从东汉末到晋时期的壁画（图5-18）和陶俑细节，可以看出这一时期服饰风尚已经从汉代的袍服深衣逐渐转为上衣下裳分离的裙掩衣的穿搭方式。

从前凉墓练衫、绿襦、紫缬襦等服饰文物的实物结构（图5-19）不难看出，这一时期的襦都有明显且统一的腰襕结构。通过文物资料发现腰襕结构的织物经向与正身经向相反，是逆经纬制作，此做法能从最大程度上减少布料浪费，从根本上体现了中国古人"惜物善用"制衣思维。

内搭曲领中衣，外披纱衣，妆造上参考魏晋时期的垂髾髻，两侧留长鬓，头戴金簪（图5-20）。

图 5-18 《宴居图》壁画砖（图源：甘肃省博物馆官网）

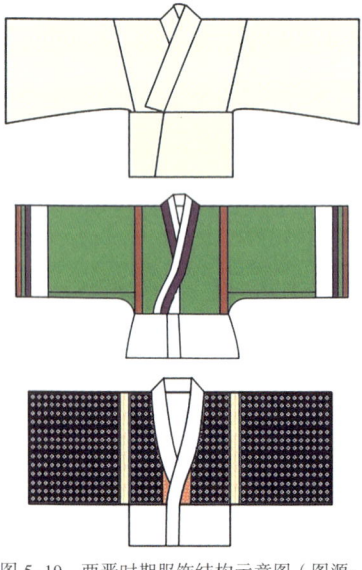

图 5-19 两晋时期服饰结构示意图（图源：微博@啊咧咧无劫缘）

图 5-20 "三重衣"香云纱汉服展示

褶衣——女子礼佛常服

图 5-21 的这款南北朝时期的女子常服，内搭曲领中衣，此领型特点为内襟圆领，外襟交领。其作为内搭款式在汉晋之间非常流行，在众多壁画、陶俑中皆可见其踪。

团队复原的数码云纹香云纱外襦参考中国丝绸博物馆馆藏北朝绞缬绢衣（图 5-22）。该件绢衣短身，基本呈对襟，两襟下摆处微微相交。袖子为喇叭型宽袖，靠近腋下拼缝处横向打褶。绢衣单层无衬里，袖缘内贴缝绢衬里。衣襟上有红、褐两组系带，用于系结。修复后通袖长 192 厘米，衣长 72 厘米，袖口宽 44.5 厘米。

图 5-23 的服饰文物为对襟浅交领，可系结，也可敞开穿着。最大的结构特点在于在接袖缝的腋下处打了对工字褶，巧妙地解决了袖根与袖口用量差值的问题。这种做法既保证袖口大放量的同时也减少了腋下堆积褶皱余量，在服饰文物中均属罕见。

图 5-21　香云纱曲领穿着效果展示 　　图 5-22　数码云纹香云纱汉服展示

图 5-23　北朝绞缬绢衣（图源：中国丝绸博物馆官网）

裙襦大袖——女子礼佛常服

晋末至唐时期，百姓的服饰审美逐渐转为追求以高腰大袖为美的服饰风尚。

《释名·释衣服》中提到："衲裆，其一当胸，其一当背，因以名之也。"甘肃花海毕家滩墓出土过东晋的衲裆残片（图5-24），与壁画上形象和史料记载的描述相互吻合。衲裆一开始为搭配穿着的内衣，后衍生出外穿形式。

结合日本正仓院的大袖残片（图5-25）和同一时期的铜像和砖画（图5-26）文物可见，这一时期流行袖根越来越窄，袖口越来越大的夸张做法。裙子腰线越来越高，还出现了内长外短，两条裙子叠穿的方法。

此造型中妆容为南北朝时期典型的鹅黄妆，搭配云髻造型（图5-27）。

图5-24 衲裆残片（图源：微博@泡泡不是瘦）

图5-25 大袖残片（图源：微博@泡泡不是瘦）　　图5-26 《南朝贵妇出游》画像砖（图源：微博@沅汰）

图 5-27 香云纱服装展示

结语

团队以岭南非遗名片香云纱复原汉服为团队之本，因此复原汉服多侧重服饰结构与文物版型（图 5-28）。未来团队将与非遗人一起，将更多织物结构和文物图案运用到复原汉服产品研发和创作中来，让更多人可以穿上香云纱非遗汉服，体验非遗文化的具体呈现以及与时俱进的创新发展。

图 5-28　襦一坊复原展示团队

第二节 卫青

展示团队：入时无

> **故事梗概**
>
> 因为生活艰苦，卫青被母亲送到亲生父亲郑季的家里。但郑季却让卫青放羊，郑家的儿子也没把卫青看成兄弟，而是将其当成了奴仆一样对待。卫青稍大一点后，不愿再受郑家的奴役，便回到母亲身边，做了平阳公主的骑奴。
>
> 卫青的姐姐卫子夫被汉武帝看中有了身孕，引起了陈皇后的嫉妒。其母馆陶公主派人捉了正在建章宫担任郎官的卫青，意图杀害。同僚公孙敖听到消息后率人赶去救下卫青。汉武帝得知此事，大为愤怒，立刻任命卫青为建章监、侍中，封卫子夫为夫人，卫长君为侍中，数日间连续赏赐卫青，多达千金。卫青后又被任命为太中大夫，俸禄千石，作为汉武帝的亲随。
>
> 元光五年（公元前130年），卫青被汉武帝任命为车骑将军出兵上谷，深入险境，直捣匈奴祭天圣地龙城，并在龙城之战中取得胜利，首虏700人，后又在漠北之战击溃了匈奴在漠南的主力，官升大司马大将军、封长平侯。
>
> 卫青在对汉朝对匈奴的战争中立下赫赫战功，使得汉朝北方边境得以长治久安。卫家一门五侯，一时名扬天下。平阳公主嫁给了昔日的仆人卫青。
>
> 元封五年（公元前106年），卫青病逝，汉武帝为纪念他的彪炳战功，在茂陵东北修建了一座阴山形状的墓冢，"起冢象庐山"。谥号为"烈"，取《谥法》"以武立功，秉德尊业曰烈"之意。

说到两汉服饰文化，人们最先想到的大概就是长沙马王堆汉墓中出土的那些精美衣饰，如马王堆曲裾袍、马王堆直裾袍（图5-29）和彩绘人俑身着的窄边多绕曲裾（图5-30）等。但时人的穿着何止如此，团队将从下文展示些许辛追夫人衣柜外的两汉服饰风貌。

图5-29 马王堆直裾袍复原　　　　　图5-30 窄边多绕曲裾复原

秦至两汉人俑及壁画中常出现的形似燕尾的衣摆形象

首先是东西两汉男性高级士族官吏的服饰形象，两汉无论男女，均有在袍服外加着轻薄禅衣作为罩衫的穿衣习惯，直裾禅衣两侧下摆的边角长出衣摆，形成剪刀状的燕尾形态。不同的是，西汉多为紧束的鱼尾状下摆（图5-31），东汉则呈现较为宽松的伞状下摆（图5-32）。

其次是男性武士及平民的服饰形象（图5-33），此类直裾袍服或长襦的下摆长度更短，整体相对修身，以满足更高的活动性，下摆在身后两侧同样垂出两角，形成燕尾，通常两层叠穿，内层略长于外层，形成丰富的衣摆层次。

燕尾结构在女性服饰中也非常多见，如燕尾直裾袍服形象（图5-34），还有在下摆腰间增加三角形续衽而演变出的单绕至多绕的燕尾曲裾袍服形象。值得一提的是，类似的燕尾曲裾形象，还有以多绕曲裾结构为基础，在后摆修剪出凹口，以形成燕尾形态的做法。当时女性为追求燕尾形态做了各种尝试，时人对燕尾这一衣摆形态的喜爱可见一斑。

图 5-31　西汉鱼尾状下摆　　　　　图 5-32　东汉伞状下摆

当某一结构审美发展至巅峰时，常会出现格外夸张的变化形态，燕尾同样如此。人们开始在衣摆的下方接衽，形成两个曳地的三角拖尾（图 5-35）。此时燕尾的装饰用途被展现得淋漓尽致，拖尾配着水袖随舞姬的身姿来回摆动，显得灵动且飘逸，这一变形或许与后世的袿衣形制息息相关。

图 5-33　男性平民服饰形象　　　图 5-34　女性燕尾直裾袍服形象　　　图 5-35　汉代舞姬形象

喇叭状的宽阔袖缘

在刚才提到的舞姬形象中，与大燕尾同样亮眼的还有喇叭状的水袖。这种由窄至宽的袖缘形象在西汉人俑中同样常见，如我们熟悉的长信宫灯，执灯人俑宽阔的袖缘，也同样是此类结构。我们在人俑的袖子上，能明显看到一圈一圈窄条拼接的痕迹。联系马王堆中螺旋形宽袖缘的做法，合理推测此类袖缘是由窄布条以卷纸筒的制作方式拼接而成（图 5-36）。

图 5-36　卷纸筒式袖缘

衣领上的装饰手法

部分女性服饰会在领子一圈装饰上链式的花边（图 5-37），可能还会缀有羽毛形态的挂饰。部分男性服饰也会在领子及下摆一圈加上装饰，常见的有由大至小的火焰状花纹或大小均匀的波浪形装饰。

两汉的男子冠饰及鞋履造型

两汉的冠饰种类繁多，如走秀中出现的通天冠（图 5-38）及两种进贤冠。将两汉的进贤冠进行对比可知，西汉仅在发髻上有一个固定的梁冠冠体（图 5-39），东汉则在梁冠下增加了介帻作为载体，梁冠冠体可自由摘戴（图 5-40）。后世将两个结构合为一体，历代逐渐演变，直至成为明代的梁冠。

岐头履作为两汉独有的鞋型（图 5-41），后世并未沿用。其可爱的外形，也成为两汉一个独特的标志。

图 5-37　领缘链式花边

图 5-38　西汉通天冠复原

图 5-39　西汉进贤冠复原

图 5-40　东汉进贤冠复原

图 5-41　岐头履复原

第三节
木兰辞

展示团队：雁忘归工作室

> **故事梗概**
>
> "万里赴戎机，关山度若飞。"漫漫历史长河之中，木兰的故事流传广远，千百年来为人传诵。虽然对于她的姓氏、故居、出生年代乃至真实性，人们众说纷纭、尚无定论，但不可否认的是，有无数同木兰一样勇敢、坚韧、充满爱与力量的女性在生生不息地成长。

本次团队将情景短剧《木兰辞》的故事背景放在了南北朝时期的北魏（这也是关于木兰身份背景最广为流传的版本之一）。节目以默剧的形式，穿插传统武术表演，演绎了少女木兰决心替父从军、士兵木兰战沙场、大军凯旋举国欢庆、将军木兰阖家团聚四个主要场景。通过这个北魏传奇女性的故事，聚焦北朝时期，展现南北朝时期的服饰风貌（图5-42）。

本次展示以北朝时期文物与史料为主要参考，制作了10套服饰，设计了平民、贵族、女官、武士等多个人物，力求能够给观众带来一组多元化、充满看点的北朝群像（图5-43）。

图5-42 节目剧照

图 5-43　10 套服饰合影

形象 1：少女木兰

　　小木兰在节目中被设定为十多岁的少女，整体造型参考了徐州博物馆馆藏的徐州铜山内华北朝墓出土的彩绘双髻执笏女立俑（图 5-44）。彩绘俑女俑形象活泼烂漫，梳着常见于未成年小女孩的双髻，着裲裆为内衣，交领短衣为外衫或袄，穿宽松的长裤。团队以此造型为基础，设计了一套活泼可爱的日常风格衣裤（图 5-45~图 5-47）。

图 5-44　彩绘双髻执笏女立俑

图 5-45　少女木兰造型（1）　　图 5-46　少女木兰造型（2）

第五章
汉服之夜

图 5-47 少女木兰造型（3）

窄袖夹棉袄

少女木兰的上衣参考了内蒙古博物院馆藏的北朝褐色罗棉衣（图5-48）。这件棉衣交领，窄袖，侧边无开衩，以系带作固定。衣领和下摆皆以双层形式包在衣身上。推测是一件可外穿可内搭的日常衣物。

在设计时，团队完全保留了文物的形制，基本复刻文物的数据比例设计了这件夹袄。夹袄外层采用纯棉面料，里层也用了绗缝工艺的夹棉布。纹样上参考了南北朝时期十分流行的忍冬纹样并进行了二次创作，外层为忍冬纹晕染印花，里层为忍冬和菱形花纹的刺绣绗缝（图5-49~图5-51）。

类型	纹样
对叶单体忍冬纹	285 285
横向忍冬叶片组合	248 296 296
莲花忍冬纹	254 248 431 249 248 285 285 296 301
忍冬团花	285 285 435 296 296 299 299

图5-48 褐色罗棉衣

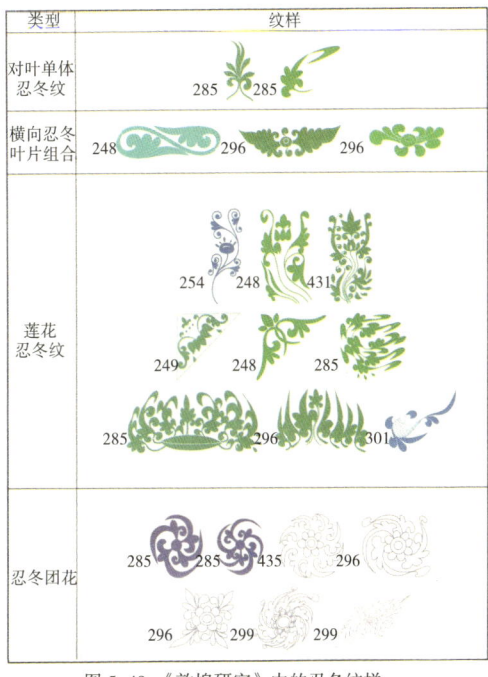

图5-49 《敦煌研究》中的忍冬纹样

图5-50 二次创作的忍冬纹样

图5-51 忍冬纹绗缝刺绣

树叶纹锦裤

少女木兰的下装参考了新疆阿斯塔那出土的北朝人面鸟兽纹锦裤（图5-52）。这件锦裤裤管宽松，裤脚微微收小，胯部拼接了异色锦，裆部结构也较为特殊。此次设计参考了2021年国丝服饰论坛的讲座内容，尽量复原了结构（图5-53）。材质上也尽量贴近文物，使用了混纺材质的织锦。锦裤不同于大多数丝织品裤子，会更有骨架感，上身后有些许膨胀开的"萝卜裤"效果，十分特别。锦裤纹样采用了另一南北朝时期流行纹样——树叶纹。这一纹样体现了古人对植物与生命的崇拜，在许多文物上都有出现。现在也因其形酷似"爱心"而广受喜爱（图5-54）。

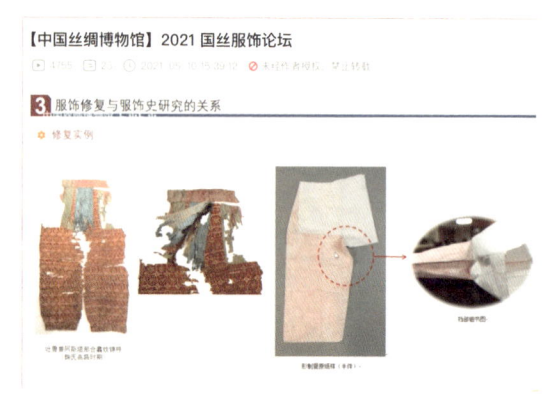

图 5-52　人面鸟兽纹锦裤　　图 5-53　国丝服饰论坛对锦裤的介绍

图 5-54　树叶纹的应用

形象 2：士兵木兰

替父从军后的木兰造型，团队参考了在大量南北朝时期石刻、人物俑中都曾出现的着袴褶武士形象（图 5-55），设计制作了由窄袖褶衣和大口袴组成的经典南北朝套装（图 5-56~图 5-58）。

图 5-55　南北朝时期士兵形象

图 5-56　士兵木兰造型（1）

图 5-57 士兵木兰造型（2）

图 5-58 士兵木兰造型（3）

龟甲纹窄袖褶衣

南北朝时期的褶衣在细节上常有变化,但一般来说通裁、侧边不开衩的对襟外衣可统称褶衣。造型中窄袖、不开衩、对穿交穿法、衣长不过膝的褶衣尚未有完全一致的衣物出土,但根据其他资料和文物可以推断这一款式在当时应当是合理存在的。纹样上,采用了龟甲纹作为此时期木兰造型的主题纹样,造型中的上衣即为龟甲纹提花真丝材质。

龟背纹大口袴

大口袴顾名思义,裤口非常宽大。南北朝时期这一形制非常流行,石刻、人俑中都常见穿着大口袴的形象,其中很多会在膝下将裤子束起,呈现出特别的两截喇叭状造型。制作这件大口袴之前,团队曾疑惑这样宽大的裤子(裤脚宽63厘米)是否便于行动,成衣试穿后发现武术演员即使做激烈的跑跳甚至空翻动作,都十分顺畅不受影响。如此想来,大口袴作为武士常见装束确实是合理的。袴的纹样我们采用了从新疆阿斯塔那古墓群出土的北朝龟背纹绮上提取出的龟背纹样,和上衣呼应(图5-59)。

[1] 徐铮、蔡欣:《中国古代丝绸设计素材图系》,浙江大学出版社,2018。

北朝:龟背纹绮
新疆吐鲁番阿斯塔那出土
新疆维吾尔自治区博物馆藏

图5-59 大口袴(左)和北朝龟背纹(右)[1]

形象 3：将军木兰

将军木兰造型在士兵木兰的基础上，参考南北朝俑中的武士形象增加了一件大袖褶衣、皮质裲裆铠和平巾帻（图 5-60、图 5-61）。

大袖褶衣的形制严格参考了国丝馆馆藏的北朝绞缬绢衣，仅加大了袖宽和衣长，以此使造型更加贴近文物俑。

裲裆铠采用了仿皮材质，并将南北朝常见的联珠纹以镂空雕刻的工艺呈现了出来。根据记载，裲裆铠多为仪仗使用，材质十分多样，其中就有皮质裲裆铠，制成后也确实十分具有威仪。

平巾帻的造型则参考了南北朝俑中最为常见的首服造型。

图 5-60　将军木兰造型及造型参考　　　　图 5-61　将军木兰造型

形象 4：老父亲

老父亲这一形象并没有某一特定文物造型作参考，而是根据资料，并以北魏毛领皮衣这一文物为核心设计创作出的造型（图 5-62~图 5-65）。

图 5-62　北魏毛领皮衣

图 5-63　复原毛领皮衣（1）

图 5-64　复原毛领皮衣（2）

图 5-65　复原毛领皮衣（3）

毛领皮衣

于内蒙古自治区出土的北魏毛领皮衣目前没有很详细的文字资料,有幸在国丝馆的展览中近距离看到了它。根据现场的观察和官方给出的资料,团队尽可能贴近文物地做出了这件古老又时尚的毛领皮衣。

这件皮衣共由近 30 块皮料拼接而成。通裁、窄袖、无侧开衩,门襟在正中重合,由一对系带固定。以官方给出的平铺示意图为结构参考,此件衣物共消耗了 58 平方英尺的皮料(6 整张羊皮,约 5.39 平方米,图 5-66)。文物本身的皮料材质不明,但肉眼观察可见十分厚重,且皮衣以羊皮和牛皮最为常用,所以我们选用了 1 毫米厚度的超厚绵羊皮,成衣效果和文物较为接近。

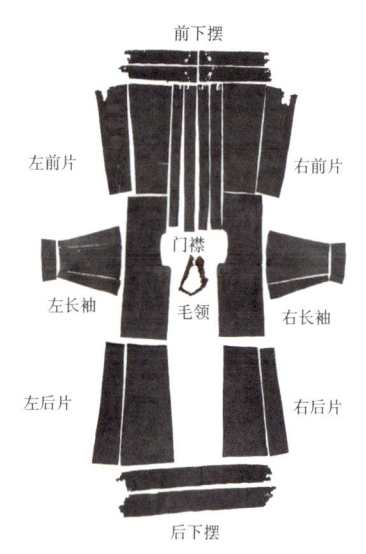

图 5-66 北魏毛领皮衣文物裁片平铺图

这件文物从拼接方式、用料、到整体轮廓,都有种永不过时的时尚感。此次在制作衣物时,团队除了将门襟里侧皮料换成了联珠纹织锦面料,给整体造型增点一些色彩外,没有做任何改动。但试穿后并没有刻板印象中古代衣物款式在现代的割裂感,让人相信,有些"美"是不被时间与空间限制的。

百褶灯笼裤

关于老父亲的下装,我们参考了新疆阿斯塔那古墓群出土的魏晋时期百褶灯笼裤(图 5-67)。这件文物又是一件令人惊叹"好时尚"的千年古物。六十多个细密的褶子、束口的裤脚、抽绳设计的裤腰,穿上身不仅美观,还非常舒适包容(图 5-68)。

图 5-67 魏晋时期百褶灯笼裤　　图 5-68 龟背纹百褶灯笼裤

形象 5：姐姐

在打造木兰姐姐的造型时，我们重点参考了国丝馆馆藏北朝绞缬绢衣，设计制作了仿绞缬印花褶衣，并按照多层叠穿的思路着重表现了南北朝时期的叠穿之美（图 5-69）。

仿绞缬印花褶衣

仿制文物北朝绞缬绢衣最大的难点就在于制作出逼真的"绞缬"花样。出于可操作性和可复制性考虑，这件衣物我们采用了印花的方式表现绞缬工艺。手工制作的真绞缬织物上，每个绞点都是独一无二的，绞点大小、边角是方是圆、边缘渗入染料的程度都不一样。为此，团队根据高清文物图像资料，每一个绞点都单独绘制，画出约 100 个绞点作为一组循环用来制作印花稿，经过多次调试后得到了较为满意的结果（图 5-70）。

图 5-69　少女木兰和木兰姐姐的造型

图 5-70　绞缬绢衣文物（左）和仿绞缬印花（右）

叠穿衣裙

除去褶衣作最外层的搭配，姐姐的造型还包含了交领直袖襦、内搭曲领襦、衬裤、间色交窬裙、仅合围间色交窬纱裙 5 件单品。它们均为南北朝时期常见的形制，叠穿搭配下呈现出一个隽秀美丽的女性形象（图 5-71）。

图 5-71　木兰姐姐造型

形象 6&7：贵族夫妇

节目的后半部分出现了一对以山西太原北齐徐显秀墓壁画为参考的贵族夫妇形象（图 5-72~图 5-74）。其中最为特别的是徐显秀所着的一件皮草披风（图 5-75）。根据图像和史料推测，其中的黑斑点应为某种动物的尾巴，一件披风便要消耗几十条尾巴，极尽奢靡。团队以染色仿皮草面料作为替代，内搭棕红色窄袖长襦衣和高领内搭，来作为人物徐显秀的造型搭配。

图 5-72　山西太原北齐徐显秀墓壁画 　　　图 5-73　参考徐显秀墓的贵族夫妇形象（1）

图 5-74 参考徐显秀墓的贵族夫妇形象（2）　　图 5-75 仿皮草披风

此壁画中的皮草披风并不是孤例，根据资料推测，南北朝时期尤其北齐应当是十分流行在最外层搭上一件皮草披风的。在北齐高洋墓壁画中，就能看到和徐显秀墓壁画如出一辙的皮草造型，且同样为手中捧碗的坐姿人像（图 5-76）。

徐夫人的造型由高领内搭白衫、大袖襦、交䘳裙、衬裤四件单品组成。大袖襦的肩部饰有异色竖条装饰，领口开得极大，交䘳裙腰线较高，是经典的北朝贵族妇女造型。

图 5-76 河北邯郸北齐高洋墓壁画

形象 8&9：舞乐伎

本场展示和徐显秀夫妇共同出场的还有两位舞乐伎。她们的造型参考了包括西安草场坡出土北魏俑在内的多个舞乐女俑（图 5-77~图 5-80）。

此类舞乐伎俑多梳着十字型发髻，身穿交领襦和间色交窬裙。交领襦的袖子部分常分布着多个异色拼色部分，颜色鲜艳大胆，拼色部分宽度、位置不一，呈现出很强的装饰性。

绿衣舞乐伎的直袖襦实际参考了毕家滩出土的绿襦，虽然并不是北朝时期文物，但衣物样式和上述北朝舞乐俑的衣物高度相似。可以推断此类款式的襦并不只在某个时代短暂地昙花一现，而是在历史上反复出现过。

蓝衣舞乐伎的直袖襦同样采用了绿襦的结构和工艺，但在设计上参考了北魏舞乐俑，面料纹样也采取了富有北朝特色的龟甲纹、联珠纹、忍冬纹等。

两位舞乐伎的裙装均为间色交窬裙，是南北朝时期最常见的裙装。

图 5-77　北魏舞乐俑

图 5-78 舞乐伎造型（1）

图 5-79　舞乐伎造型（2）　　　　图 5-80　舞乐伎造型（3）

形象 10：女官

南北朝时期常见女官，关于女官服饰，唐代编撰的《通典》中写道："二品阙翟；三品鞠衣；四品展衣；五品、六品褖衣；七品、八品、九品，俱青纱公服。"节目中的女官造型即参考了"三品鞠衣"，设计了一身灿黄色服装。在形制上，通过大量南北朝时期女官俑可见多种衣裙组合。本次设计上，团队选取了其中比较常见的大袖襦配顺褶交裔裙组合（图 5-81~图 5-83）。

图 5-81　头戴笼冠的北朝女官俑

图 5-82　女官造型（1）　　　　图 5-83　女官造型（2）

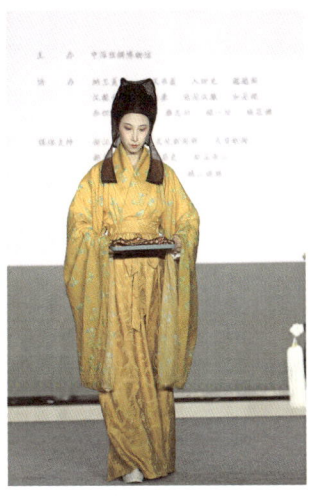

图 5-84　复原笼冠

南北朝时期女官的另一个特征是多戴漆纱笼冠。漆纱笼冠由黑漆细纱制成，可供参考的实物资料不多，我们用了黑红交织、组织较为稀疏的绞罗面料，保证了良好的透光性，再通过缝纫和高温胶水定型的方式仿制了一顶整体造型接近的笼冠（图5-84）。

第四节
魏晋风流　且看今朝

展示团队：上遥居

故事梗概

在中国上下五千年漫长的文明中，在历朝历代的更迭转换间，服饰更像是一种特殊的符号。时至今日，服饰的发展及所代表的含义早已超过它本身的意义。

《周易·系辞下》里有一句话："黄帝尧舜垂衣裳而天下治，盖取诸乾坤。"自此可见其形制为上衣下裳的汉服体系是从非常久远的时代沿袭下来。

在汉朝立国四百年后，皇室衰微，因频繁的战争与民族大迁徙，使得胡汉亲居。魏晋时期的妇女服装继承了汉代一贯的传承，并在此之上吸收了异域服饰的影响。东汉两晋南北朝时期，女装是以穿着襦裙为主的，一般上身穿衫、襦、半袖，下身穿裙、蔽膝，款式多上简下繁，后世俗称"两截穿衣""裙多褶裥裙，裙长曳地，下摆宽松，从而达到俊俏潇洒的美学效果"（图 5-85~图 5-87）。

此次"汉服之夜"，团队将 6 件服装分成 3 组，每组以对比的形式，如南北朝服饰有蔽膝与没有蔽膝的对比，或是有无缘边的对比。如此呈现，意为在视觉上展示比古画雕塑等形象资料更丰富、更立体的形象，更通俗易懂，由此了解二者之间的区别。

图 5-85　辽宁辽阳三道壕一号墓壁画《男女对坐图》

图 5-86　汉晋女绢夹衣

图 5-87　东汉魏晋锦袍

空山云尽洛神现

洛神作为中国广为流传的神话形象,在各朝各代中都不难发现有关于她的记载。《洛神赋》中载,"其形也,翩若惊鸿,婉若游龙。荣曜秋菊,华茂春松。髣髴兮若轻云之蔽月,飘飖兮若流风之回雪。远而望之,皎若太阳升朝霞;迫而察之,灼若芙蕖出渌波。"洛神的美,始终包含着一种飘渺而又清高之感,如同水波与月光,美则美矣,难以触碰。

因为洛神是洛水的女神,一生与水有缘,所以在设计"洛神"这套服装时,加入了水元素(图5-88、图5-89)。虽然灵感来源于《洛神赋图》(图5-90),但在颜色上完全摒弃了复原。裙摆处用渐变的颜色体现出洛神的静谧感,而拖尾的设计则体现了女神的贵气与不食烟火,整体的配色想要展现轻盈的感觉。

"我欲乘风归去。"犹如此感,如同曹植当年所梦一般写下:"若将飞而未翔。"而"空山尽"的整体设计,更为贴合笔者对魏晋时期的一种想象,如《赠从弟》中:"亭亭山上松,瑟瑟谷中风。"既有山水之大气,又有山风的灵动。在颜色上则选择了比较青翠的绿色做片裙,上衣选择了如雾气一般的白色天丝,颇有山间云雾缭绕、一株青松笼罩其间之感。在装饰上,去除了蔽膝与一些繁琐的服饰结构,更大程度上体现了服饰的灵动性与温柔感(图5-91、图5-92)。

图5-88 "洛神"服饰展示(1)

图 5-89 "洛神"服饰展示（2）

图 5-90　东晋顾恺之《洛神赋图》

追溯到东汉，女性会在襦裙的基础上搭配蔽膝（图 5-93、图 5-94）。《方言》："蔽膝，江淮之间谓之棉，自关东西谓之蔽膝。"蔽膝作为一种装饰，一般会用在衣裳制礼服上。半袖蔽膝的形象，在后世流传为神仙形象。在"洛神"的设计上，因为参照了《洛神赋图》中洛神的衣裳形制，所以添加了蔽膝；而在"空山尽"的设计中，选择了更为潇洒的交裳裁剪的下裙设计。

看似只是有无蔽膝的区别，但其表达的含义却因此大相径庭，可见古人在服饰文化的构思与象征意义上做足了功课。

图 5-91　"空山尽"服饰展示（1）

图 5-92　"空山尽"服饰展示（2）

图 5-93　昭陵燕妃墓壁画（1）　图 5-94　昭陵燕妃墓壁画（2）

北橘照映暮色晚

《中国古代服装研究》中曾说："使上襦和下裙分开，单独产生存在，必在头上冠巾、身上衣服式样大有改变的魏晋之际。"南北朝魏晋时期出土的多数文物中，小袖紧身襦裙数不胜数，总体特征大致都为上简下丰的窄瘦式（图 5-95）。而广袖襦裙多为贵族妇女所穿着，其间最为流行的便是间色裙（图 5-96、图 5-97）。

图 5-95　魏晋时期砖画《进食图》 　图 5-96　前秦绯碧裙 　图 5-97　甘肃酒泉丁家闸十六国墓壁画中的女舞伎

在设计"北橘"时,笔者参照了晋制中的垂胡袖与间色裙。关于垂胡袖的说法一般分为两种,一种是因为它的弧度,"引伸之凡物皆曰胡",另一种说法则是对"胡袖"的延展,"胡袖"并非因为服饰的袖身为弧形而得名,而是因为胡袖本身就是匈奴人的服饰特点。服饰整体造型高贵庄重,线条流畅,穿着又很方便。胡汉亲居,服饰上有一些融合性也是自然。湖南长沙马王堆汉墓曾出土的一件直裾就是典型的垂胡袖,由直袖收口而成,既俊秀又飘逸。

"北橘"(图5-98、图5-99)一片式间色裙的配色,选用了比较醒目的橘红色与姜黄色,也是中国古人较为喜爱的色彩,在很多文物中都可以看到二者搭配带来的视觉效果,给人一种如同江湖儿女那般洒脱的感觉。上衣的垂胡袖选用了比较淡雅的浅色,所用的印花花纹是对于文物花纹的二次创作,搭配外层的天丝白襦会有一种若隐若现的感觉。

图5-98 "北橘"服饰展示(1)

图 5-99 "北橘"服饰展示（2）

"长暮"的配色,则是"北橘"配色的另一个版本。其色彩也是比较典型的复原颜色,但相较"北橘",更为明亮。设计上依旧延续了晋制的垂胡袖间色裙和交领上襦(图 5-100、图 5-101)。

图 5-100 "长暮"服饰展示(1)

图 5-101 "长暮"服饰展示(2)

"长暮"与"北橘"的区别在于,"北橘"在裙摆处加上了缘边。这种像荷叶边一样的花边装饰独属于晋制破裙,所以相对于没有缘边的"长暮"来说,"北橘"显得略微华丽繁复,而长暮则更加洒脱。不过不管是哪一套,与本次展示的其他 4 套服饰相比,都更贴近魏晋南北朝留给世人的"风流"印象。

千里流烟笼晴山

魏晋时期的女性服装承袭秦汉遗俗,再加上一些少数民族的服饰特色,在传统基础上加以改动,一般上身穿衫、袄、襦,衣身部分紧身合体,袖口肥大,下裙裙长曳地,下摆宽松,从而呈现俊俏潇洒的效果。

东晋末年,广袖之风开始刮起(图 5-102)。《晋书·五行志》:"晋末皆冠小而衣裳博大,风流相放,舆台成俗。"首先变化的便是袖子。之前两晋时代袖子一般以收口、直口为主，袖子不是特别大。但到东晋末年，袖口瞬间变广，而手臂处则收窄。现代称这种袖子为"窄臂广袖"，以此和后代宋明的"满袖广袖"区别开。

晋制上襦最大的特点就是腰襕，何为腰襕，就是从上衣中腰部的位置向下拼接两个衣服的布片，侧边不开衩，起装饰作用。腰襕本是内穿，在东晋之后开始外穿。关于腰襕的两种穿法，厌腰穿法和外出穿法，第二种穿法异色的腰襕就会更加吸睛（图5-103）。

清代的赵璞函曾写道："碧树飞蝉，袿裳化蝶，欲问故宫无路。"袿衣杂裾，是魏晋女服中的礼服，即衣两侧有尖角的款式。南北朝时的袿衣在形制上也有了新的变化，人们将尖角加长，曳地的飘带却无影无踪，正是所谓的"华袿飞髾"。

图5-102　南朝画像砖

图5-103　甘肃花海毕家滩墓地出土紫缬襦（修复后）

"流烟"（图5-104、图5-105）与"晴山"（图5-106、图5-107）的形制都参考了袿衣礼服，长似燕尾的袖羽，裙长没足，下摆宽松。二者都不止一种穿法，如同方才所说内穿或外穿，各有千秋。

"流烟"在配色上偏素雅，《艳歌行》："白素为下裙，月霞为上襦。"魏晋时期的女子裙装不仅讲究材质、色泽、花纹的鲜艳华丽，素白无花的裙子也非常受欢迎，所以本次设计选择了温柔的淡紫和淡粉色。为了让整体看上去更加飘逸，交领半袖襦的材质选择了仿真丝纱，手感非常软糯。

至于"晴山"，衣服颜色选择了青绿色，如生长的翠竹，恬静安稳，并且去掉了复杂的半臂装饰，让人本身成为视觉主体。就像南北朝庾信所写的"山晴云倒回"，颇有一番山水之姿，自然之意。

"流烟"则是更华丽的款式，不仅加了半袖缘边，下裙还有蔽膝装饰，将魏晋时期女性的柔美富贵展现得淋漓尽致。

晋朝虽然是汉末以来中国文化比较衰弱的一段时期，但在文学、哲学、

图 5-104 "流烟"服饰展示（1）

艺术、史学等方面都有了新的发展。因政局动荡，时天下大乱，乘时趋势者，以道义为重。旷达之士，目击衰乱，不甘隐避，则托为放逸，遂开清淡之风。当时的文人风气是尚音律、书画，好玄远清雅，追求个人性情的解放。魏晋南北朝可以说是中国自觉从事艺术创作的开端时期，大量的思想和艺术品流传至今，诉说着那时代独有的风流韵味。

要说笔者为何对这段时期情有独钟，也许就是上述所谈。

图 5-105 "流烟"服饰展示（2）

图 5-106 "晴山"服饰展示（1）

图 5-107 "晴山"服饰展示（2）

第五节
人间六百年——民族熔炉练就出的袖底乾坤

展示团队：如是观

图 5-108　背景概念漫画（1）

从束缚中寻求解放——上下结构服饰的流行

自战国伊始，东方土地的服饰呈现出上下一体结构的裹身状（图5-108、图5-109）。从湖北江陵马山楚墓到湖南长沙马王堆汉墓，再至西安曲江翠竹园西汉墓，在丝织物、壁画、陶俑、木俑上，无论男女无一不向我们展示了那个千年前帝国的审美取向——端庄而纤细。他们的服饰缀以珠玉，材质取以丝帛紬绸，结构均匀如秤，穿着体态巍峨如峻山，但是这样的平衡却使得行为被束缚，随着人们日常生活与时尚的追求的改变，束缚也随之开放。

服饰风格的变化以壁画相佐来看是在西汉中期发生改变的，骑射题材的壁画展示了短衣窄袖的服饰趋势，宴饮的壁画中贵妇高耸的发髻、艳丽的服色可窥见不同于之前的审美趣味（图5-110~图5-112）。

图 5-109　背景概念漫画（2）

图 5-110　西安理工大学西汉墓西壁壁画（1）　　图 5-111　西安理工大学西汉墓西壁壁画（2）　　图 5-112　西安理工大学西汉墓西壁壁画（3）

巧合的是，壁画的年代恰是帝国开通丝绸之路之时，虽然未知这二者之中是否有联系，但是，整个后几百年的衣着习惯就在这时奠定了基础。

综合存世的壁画与陶俑可以直观地看到，随着生活习惯的转变，人们的服饰喜好也有所变化（图 5-113~图 5-117）。以下是每个时代的服饰特点对比。

图 5-113　西汉初—直裾袍、曲裾袍、襦（参考吉美博物馆馆藏西汉坐女俑所绘）

图 5-114　西汉中—衫、襦、裙（参考西安曲江翠竹园二号墓壁画所绘）

图 5-115　新莽—衫、襦、裙（参考陕西靖边杨桥畔二村汉墓壁画所绘）

图 5-116　东汉—衫、襦、半袖裙（参考河南洛阳朱村汉墓侍女所绘）

图 5-117　东晋十六国—衫、襦、裙（参考中国丝绸博物馆藏毕家滩出土服饰残片所绘）

新朝（见图5-115、图5-118）：如图5-113~图5-117排序的时代择取插画所见，转折自新朝开始，继西汉中期出现的上下分衣之后，后世流行近千年的间色裙也相继出现在壁画中。

不同于结构上的变化，形态审美上此时女子维持了西汉以来紧裹下身的习惯，间色的数量亦不甚多，多数也就左右一色而已。

东汉末（见图5-116）：从四川博物院的诸多陶俑中可见风格伴随着服饰一起在变化，从含蓄、内敛、紧束的窈窕，推进为外放的俏皮（图5-119）。而这时也依稀可见旧日风华的遗留，即单色下裙在少数壁画角落中地位较低人物的身上出现（图5-120）。

三国（图5-121）。

十六国西边政权—前凉（见图5-117）。

十六国东北部政权—北燕（图5-122）：虽然此时衍生出了据地不同的政权，但是由于文化影响上皆出于中原，所以演变出的各地风格大致相似。

图5-118　陕西靖边县杨桥畔二村汉墓壁画及参考所绘

图5-119　四川绵阳东汉墓出土舞蹈俑　　图5-120　河南洛阳朱村汉墓壁画

图5-121　参考河南郑州打虎亭汉墓壁画所绘　　图5-122　黄海南道安岳三号墓壁画及参考所绘

江南吹向北方的仙风幻梦——服饰走向浮夸穷奢

南朝宋（图5-123）：东晋末年，南边率先开始衣裳博带的潮流，广袖之风风靡南部，士大夫阶层不吝丝帛绸纱为求神仙之风，发髻也开始夸张化，以至于武士走卒皆广袖操刀、敞襟担重，如此种种，直到南朝齐到达巅

图 5-123　南京博物院馆藏南朝俑及参考所绘

图 5-124　无锡博物馆馆藏南朝砖画及参考复原作品

峰才开始逐渐定格，不再继续发展。

南朝中期（图 5-124）：北方经几番战乱逐渐统一，风格上开始追溯前朝，重拾起旧时礼仪，所以便有了来自中原地区洛神的端庄翩跹。

图 5-125　山西大同石家寨司马金龙墓出土漆屏画及参考所绘

图 5-126　参考洛神赋图宋摹本所绘

北魏（图 5-125、图 5-126）。

南朝梁（图 5-127）：南朝兴起的广袖之风到了后期甚至往北边开始渗透。这个时候的女性纤长瘦直、裙袖飘逸，恍若神仙。

北魏汉化后（图 5-128）：494年，北魏孝文帝迁都洛阳，并积极倡导汉化改革。在本来北方就逐渐有人效仿南风的情况下，有了官方的认可与倡导，南方的汉服一瞬间遍布全国。

图 5-127　河南邓县南朝墓出土砖画、参考所绘及复原作品

130

图 5-128　北魏帝后礼佛图石刻、参考所绘及复原作品

鲜卑与汉人的融合，是中国历史多元化与统一化的证明，也是中华民族与世界联通、中华文化生生不息的最好例子。

北方的西式新胡风——汉文化的再一次解构重组

鲜卑本身属于东北方的民族，在汉化以后逐渐褪去自己本来的衣服，融入中华民族的大家庭，建立了北方一统的北魏。但在这之后，北魏分裂为东西两边，再然后被北周、北齐替代。

北齐时，来自西域的风格开始风靡。"文宣帝末年，衣锦绮，傅粉黛，数为胡服，微行市里。"自此，来自西边的新风格，便从北齐开始流向全国。最典型的是圆领袄袍的流行。

北齐—女（图 5-129）：北齐的女性，依旧延续着高裙子的传统，但下身已经开始流行起靴子，圆领衣也开始外露，窄袖的风格又开始兴起（图 5-130）。

图 5-129　山西朔州北齐墓北壁壁画及参考所绘　　图 5-130　山西忻州北朝墓北壁壁画及参考所绘

图 5-131 《校书图》宋摹本 　　　　图 5-132 山东济南北齐墓南壁壁画及参考所绘

这一时代兴起的又一种更简便之风格,是以背带固定长裙。此样式甚至后来在唐代都有遗存。在杨子华《校书图》中便有类似裙装,大概展示了这类裙装可能出现的背部构造(图 5-131)。

北齐—男(图 5-132):男性裲裆裤褶,是魏晋南北朝较为有特色的服饰。

北魏陶俑中常见的是上衣盖在裤子外,但是同时期亦见有文官俑褶衣内着裲裆,到了北魏分东西之时,裲裆在大量壁画中再次出现(图 5-133)。以上种种可见如此穿着习惯并未退出历史舞台,反而有潮流复兴的趋势。直到有唐之后的再一次盛世融合,裲裆才渐渐从文字记述、壁画、陶俑中淡去。

北齐—时代全景展示(图 5-134):说到北齐,最有名的,当是太原北齐徐显秀墓(图 5-135)。

图 5-134 的服装除了圆领的衣物等有北方特色的新服饰外,还有皮草的使用。通过将多个白鼬皮毛整取拼接在一起,尾巴垂于外层,从而达到保暖与美观的双重功效,是通行于中

图 5-133 河南洛阳博物馆馆藏北朝武士俑及参考所绘

图 5-134 墓主人徐显秀画像及参考所绘 　　　　图 5-135 山西太原北齐徐显秀墓

图 5-136 《元世祖出猎图》（局部） 　　图 5-137 沙俄皇后玛丽亚·亚历山德罗芙娜的披风 　　图 5-138 丹麦国王克里斯蒂安七世油画像（局部）

外历史中的一种服装潮流（图 5-136~图 5-139）。

徐显秀的夫人，则穿着非常宽的袖口，在袖口上施以彩绣，延续了南朝以来的风尚（图 5-140、图 5-141）。

由于君主的信仰，致使北齐的审美中又融入了新潮的西域式风格，其中有大量的佛教、祆教、景教元素，北朝与南朝的风格差异由此可分（图 5-142）。

西魏—北朝周—隋：敦煌的西魏及北周供养人画像可以看出此时服饰有着与南朝更为接近的风格（图 5-143、图

图 5-139 英国皇室定制披风制作照片

图 5-140 大袖文物残片　　图 5-141 徐显秀夫人画像、参考所绘及复原作品 　　图 5-142 徐显秀墓壁画侍女

5-144）。而这种风格也流传到了后世，如日本正仓院留下的唐代广袖，就是这种北齐风格的延续。而这种对文化的积极融合、学习，恰是传统服饰能延续千百年而不衰、中华民族可长盛于世界之林的缘由。

人间一代一代更迭，岁月却在服饰上留下了相传的痕迹，文化交融的线索，如今我们穿针引线落绢帛地将其呈现（图5-145）。

为了六百载风流，愿与君共乘。

图 5-143 西魏时期敦煌壁画供养人

图 5-144 北周时期敦煌壁画供养人及参考所绘

图 5-145 概念图背景

第六节 凉州故事

展示团队：乔织原创汉服设计

故事梗概

凉州故事剧情构思来源于河西走廊魏晋十六国壁画墓画像砖（图5-146）。从西汉开始，就有大量中原居民向河西迁徙。三国时期曹魏施行简葬，而这里由于远离中原没有受到影响，仍然留下了非常丰富的墓室彩绘画像砖。这些画像砖反映了东汉至魏晋时期人们的衣着打扮、器物使用、生活方式等内容。团队根据画像砖的内容，结合一些著名的汉代典故，如汉乐府诗集中的《陌上桑》《孔雀东南飞》，创作了《凉州故事》。

情景剧以《开箱图》（图5-147）作为故事的起点。女主角罗敷打开尘封已久的衣箱，看到了一件未完成的绣襦，曾经少女时期的回忆涌上心头——"与好友兰芝陌上采桑"（图5-148）、"机智化解使君的调戏"（图5-149）、"为心上人裁衣"（图5-150）、"青梅竹马的阿元立志沙场建功"（图5-151）、"战争爆发后的奔波逃离"（图5-152）、"数十年的杳无音信"（图5-153）……这些往事随着岁月烟消云散，但却永远记录在绘画中流传至今。

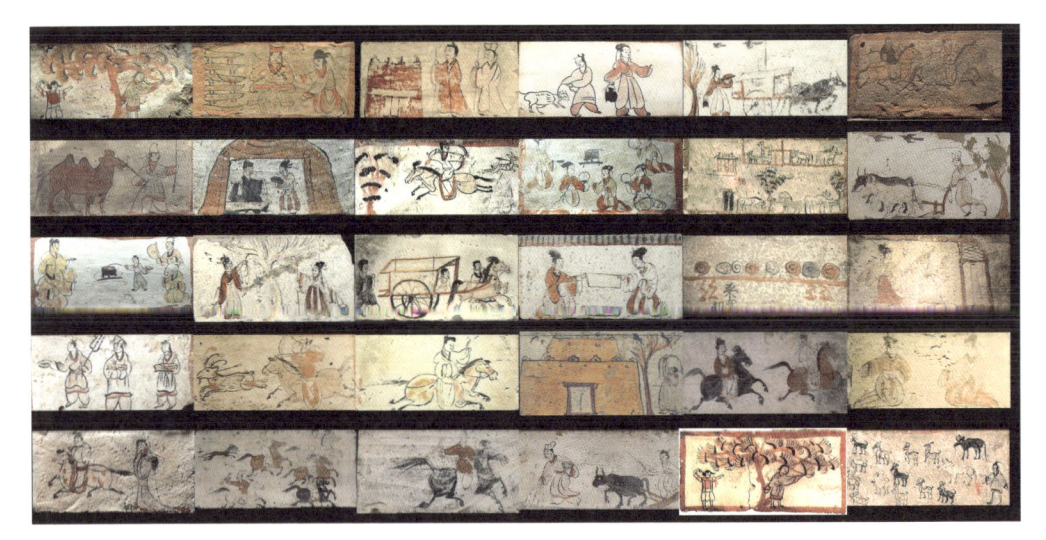

图 5-146 河西走廊魏晋十六国壁画墓画像砖

图 5-147 《开箱图》

图 5-148 采桑情景故事参考壁画

图 5-149 陌上桑情景故事参考壁画

图 5-150 裁布情景故事参考壁画

图 5-151 少年郎情景故事参考壁画

图 5-152 战乱逃离情景故事参考壁画

图 5-153　书信情景故事参考壁画

服饰介绍

此次的复原设计所参考的汉代文物，大多数位于新疆、甘肃等我国西北地区（图 5-154）。上衣结构参照新疆民丰尼雅墓出土东汉交领襦、曲领襦。裤子以新疆尉犁营盘墓出土灯笼裤为原型。女子裙装参考了甘肃玉门毕家滩出土间色裙、营盘墓出土间色毛裙、尼雅墓出土九片裙。男子袍服分别参照营盘墓出土的丝衣和定陶丝袍，此外还仿制了尼雅墓出土的栉袋和锦护膊。

* 新疆尼雅墓曲领襦

* 甘肃毕家滩间色裙

* 新疆营盘墓丝冥衣

* 菏泽定陶汉代丝袍

* 新疆尼雅墓东汉襦

* 新疆营盘墓间色毛裙

* 新疆营盘墓灯笼裤

* 新疆尼雅 95MN1 号墓九片裙

* 新疆尼雅墓栉袋

* 新疆尼雅 8 号墓锦护膊

图 5-154　复原设计参考文物

纹样方面我们收集了西汉至晋代全国各地的纺织品资料，不但对营盘墓出土的几何纹绣花、甘肃高台骆驼城出土的朱地云纹绣花进行了形态上的仿制，还对尼雅墓出土的文物如意云纹锦和中国丝绸博物馆馆藏的无极锦进行了纹样的复原（图 5-155），也对湖南长沙马王堆汉墓出土的火焰纹印金纱、甘肃省博物馆馆藏的刺绣红地凤鸟纹绢和尼雅墓出土的云气纹带进行了花型的描绘复刻（图 5-156），制作出了印花纱面料。

此次展示团队共制作了 7 套造型：5 套河西走廊汉晋女性居民装束，1 套文官制服和 1 套男子便服（图 5-157）。

* 东汉几何纹
新疆尉犁营盘墓出土

* 魏晋朱地云纹
甘肃高台县骆驼城出土

* 汉晋 "无极" 锦
中国丝绸博物馆藏

* 东汉云气纹带 "如意" 铭文
新疆民丰出土

图 5-155　仿制纹样

* 汉火焰纹
湖南长沙马王堆汉墓出土

* 汉晋凤鸟纹
甘肃省博物馆藏

* 东汉云气纹带 "如意" 铭文
新疆民丰出土

图 5-156　纺织印花

图 5-157　短剧服装设计

兰芝的服装设计参考了甘肃高台苦水口 1 号墓出土的魏晋画像砖《采桑图》（图 5-158）。《采桑图》中的女子上身穿着交领襦，下身穿着间色裙，裙内穿收口裤。团队据此形象设计了兰芝的造型。兰芝贴身穿着白色曲领襦和收口灯笼裤，外穿如意云气纹锦缘边的交领襦，袖身宽阔，袖口略收。最外层白纱衫结构与交领襦相似，丰富了穿着层次，增加了上衣的蓬松感。下身穿着红白间色裙，裙片打褶增加摆量，提升裙身的蓬度。可以看出，上下身衣物皆宽松蓬大，仅有腰部收窄。这是魏晋画像砖上流行的一种典型轮廓特征。

图 5-158　《采桑图》服饰复原设计

除了壁画，团队也在文字中寻找设计灵感。"缃绮为下裙，紫绮为上襦。"图5-159的服饰是团队对于汉乐府诗中描述的秦罗敷造型的猜想。服装结构上团队仍然采用内穿曲领灯笼裤、外穿襦裙的搭配，并通过浅蓝紫色和鹅黄色的对比营造出梦幻轻盈的氛围。在襦外叠穿了一件高透明度的火焰纹印花纱衫，蓬松的轮廓和朦胧的视觉效果，进一步使这个造型贴近对传闻中美女的想象。下裙结构参考尼雅墓95MN1九片裙，制作了间色版本。上身呈现一种较为包裹的形态，裙形上窄下宽。其与之前的红白裙不同，更接近东汉时流行的轮廓。

* 淡黄打底曲领襦

* 云纹锦缘青紫襦

* 火焰纹紫纱衫

* 紫色灯笼裤

* 百褶缘边细黄裙

图5-159　汉乐府诗中秦罗敷的服饰设计

青年罗敷的一套装束源自画像砖《开箱图》（图5-160）。团队制作了红色织锦缘边襦，青色凤鸟纹印花纱衫，下身穿深浅不一的蓝色间色裙，裙摆加装红色缘边。发型为高髻，插有多支发簪装饰。额头与两颊有红色彩绘。

图5-160　《开箱图》服饰复原设计

《采桑图》中女子的着装（图5-161），是魏晋流行的"白素为下裙，丹霞为上襦"，上红下白。团队据此制作了云纹绣花领缘红襦，外罩白色纱衣，下身为白色片裙，内配红色灯笼裤。

图 5-161 《采桑图》服饰复原设计

绣儿的装束模仿东汉执扇仕女俑的造型（图5-162），在襦外加穿半袖。襦的衣身采用立鸟纹印花，半袖衣身为凤鸟纹印花，下裙印染马王堆火焰纹花型，裙腰装饰菱纹绣花。

图 5-162 参考东汉执镜仕女服装层次设计

使君所穿参考了东汉风格文官制服，头戴进贤冠，身穿曲领襦、宽口裤。使君上身为一件无极纹织锦缘边的菱纹提花袍，外穿绛纱禅衣。衣身直裾，穿着时衣裾向身后包绕，与西汉时期禅衣属于同种模式，但包裹感减弱很多，上身效果接近直筒形轮廓，腰线也比西汉时期向上移动（图5-163、图5-164）。

阿元形象参考自东汉铜牵马俑和狩猎图画像砖（图5-165）。阿元头戴介帻，身穿曲领襦加灯笼裤作为内衣，外穿缘边短袍。直筒形窄袖，方便劳作。袖口再次收窄，佩戴锦护膊。腰间佩戴马头带钩的革带，革带上挂有放置小物的枂袋。

图 5-163　东汉风格文官制服设计（1）

图 5-164　东汉风格文官制服层次（2）

图 5-165　东汉铜牵马俑服饰设计

第七节
画中霓裳

展示团队：邈邈阁、汉服长春、衔鱼录、泡泡汉服

故事梗概

南北朝时期涌现出了一批名士，他们拥有良好的社会声誉并且在当时拥有众多的"粉丝"，我们以舞台剧的形式还原了南北朝时期名士"粉丝"们的日常，同时展现了丰富多彩的传统服饰文化。在剧中，画师朔郎就是一位画技超群、声誉颇佳的名士，他尤其擅长绘制人物画。有一天，他受邀为刘家姐弟绘制画像，为此刘家姐弟精心准备了服饰。同时，这个消息也在城中朔郎的崇拜者间不胫而走，城中的贵女们纷纷仿制了朔郎画作中曾描绘过的服饰，并装扮成朔郎笔下的人物形象。在去寻朔郎之前，她们又在集市上买了许多新鲜水果作为礼物（图5-166）。刘府内，朔郎在好友影郎的陪同下顺利完成了画作，随后就受到了贵女们的热情欢迎。她们纷纷拿出提前准备好的水果相赠表达对名士的喜爱之情。贵女们的狂热令朔郎与影郎难以招架，他们也只能匆匆逃离了现场……

图5-166 "掷果盈筐"场景剧照

服饰介绍

团队参考了汉晋时期的出土服饰、织物、壁画、木俑、陶俑等上百件文物，制作并展出了西汉、魏晋、南北朝3个时期的传统服饰共17套（图5-167），包括各种袍服、褶衣、裲裆、襦、衫、裙、裤、冠、帽、履、袜、木屐、便面、麈尾扇、佩囊、耳珰等43种单品。为了复原出符合时代特色的纹样，团队遍寻当前市面上的罗、经锦等各类面料，同时又专门绘制了10多款汉晋时期的复原纹样（图5-168），并采用锁绣、植物染、绞缬、印染等传统工艺，定制复原出了种类丰富的面料。

除此之外，团队还结合同时期不同地区的具有较高相似性的文物进行研究及推测，力求保证每套服饰的整体搭配都足够严谨。通过在剧中设计更衣的环节，团队向观众展示了2套穿搭层次丰富的服饰套装，更加直观立体地展示了传统服饰的穿搭层次。

图 5-167　17 套服饰合影

图 5-168　汉晋时期的复原纹样

西汉·曲裾袍套装（图 5-169）

曲领襦（1）+"长乐明光"铭文真丝经锦裤（2）+四破交窬裙（3）+长寿纹锦曲裾袍（4）+直裾素纱襌衣（5）+玉组佩（6）+袜（7）+歧头履（8）

参考资料：尼雅遗址出土绢上衣（9）、尼雅遗址出土"长乐大明光"锦裤（10）、马王堆绢裙（11）、马王堆曲裾袍（12）、马王堆素纱襌衣（13）、郭宝钧绘"战国组玉佩模式图"（14）、马王堆绢夹袜（15）、马王堆丝履（16）

湖南长沙马王堆汉墓出土的服饰类文物种类极为丰富，这对于研究汉代服饰有着极大的帮助。通过对这些文物的研究，团队合理推测出了西汉时期较为完整的服装穿搭层次。

图 5-169　西汉曲裾袍套装

西汉·直裾袍（图5-170）

杯纹罗直裾袍 + 长冠

参考资料：西汉长袍男木俑（1）、凤凰山墓出土男木俑（2）、马王堆出土戴长冠的俑（3）、马王堆出土直裾袍（4）、马王堆出土杯纹罗（5）

图5-170　西汉直裾袍

西汉·曲裾袍（图5-171）

女俑服饰：信期纹曲裾袍 + 竹便面
男俑服饰：杯纹罗曲裾袍 + 长冠

参考资料：马王堆出土女俑（1）、马王堆出土竹扇（2）、马王堆出土男俑（3）、木俑身上的纹样细节（4）

这两件服饰的制作分别参考自马王堆汉墓出土的男、女俑。男俑头戴长冠，身着菱纹罗绮袍，领饰有几何纹锦缘。据推测，此男俑为家丞的替身。而女俑身穿曲裾袍，推测为侍女的替身。

图5-171　西汉曲裾袍

汉晋·对襟长袍（图 5-172）

铭文锦缘对襟衣 +"五星出东方利中国"锦缘裤 + 毛毡帽

参考资料：汉晋铭文锦织物（1）、"长葆子孙"锦缘绢衣裤（2）、戴尖顶帽的西晋俑（3）、尼雅出土"沙漠王子"服饰（4）

在位于新疆的楼兰和尼雅遗址中，出土了许多图案精美的织锦，在这些织锦上的云纹和瑞兽图案的空隙之中，多织有具有美好寓意的汉字，如著名的"五星出东方利中国"，以及"长葆子孙""长乐明光""好长相保"等。

这些锦通常被称为汉锦，汉锦最早出现在西汉晚期，流行于东汉和魏晋。虽然在新疆地区出土了众多汉锦实物，但是当时西域地区并没有这样的技术，汉锦通常是被中原作为最高等级的贺礼通过丝绸之路馈赠给当时西域的王公贵族，并由此流传了下来。

图 5-172 汉晋对襟长袍

汉晋 楼兰·半袖衣（图 5-173）

毡帽 + 半袖衣

参考资料：小河墓地出土毡帽（1）、绵阳出土东汉陶舞女俑（2）、楼兰遗址出土半袖衣（3）、阿斯塔那出土北朝对羊纹锦（4）

汉晋时期饰有羽毛的尖顶毡帽流行于西域各国，团队据此复原了一顶毡帽，搭配一件色彩艳丽的楼兰半袖衣。

图 5-173 汉晋楼兰半袖衣

魏晋－东晋十六国 前凉·绞缬襦套装（图 5-174）

白练衫（1）+绿襦（2）+绯碧裤（3）+手工锁绣红罗裲裆（4）+真丝绞缬紫襦（5）+杯纹罗绯碧裙（6）+漆木屐（7）

参考资料：毕家滩练衫（8）、毕家滩绿襦（9）、毕家滩绯绣裤（10）、毕家滩绯绣罗裲裆（11）、毕家滩紫缬襦（12）、毕家滩绯碧裙（13）、朱然家族墓出土三国漆木屐（14）

团队对甘肃花海毕家滩前凉墓出土的服饰进行了全部的复原，并参考了同时期木俑的外观效果，对相应的着装层次进行合理推测，即多层边饰的直袖襦在内、绞缬短袖襦在外，同时采用衣掩裙的穿着方式，即下裙的裙头系于上襦外，通过这样的搭配展现了魏晋时期最具代表性的女装形象。

图 5-174 魏晋绞缬襦套装

魏晋南北朝 北魏·垂胡袖襦套装（图 5-175）

真丝绞缬垂胡袖单襦 + 真丝绞缬缘边半袖襦 + 真丝绞缬缘边交窬裙 + 真丝绞缬蔽膝

参考资料：阿斯塔那出土绞缬缘刺绣残片（1）、北魏司马金龙墓出土漆画（2）、现代补色复原版画像（3）

司马金龙墓漆画中的服饰面料上布满白色小点，可以推测这样的花纹制作是使用了当时最盛行的绞缬工艺。"扬袘戌削，蜚襳垂髾"形容女子在行走时，长长的飘带随风飘舞，襟带飘逸犹如燕子在空中翻飞，固有"华带飞髾"之称。新疆阿斯塔那古墓群出土的一组十六国时期的三角残片，以绞缬缘边装饰，并在末端形成飘带，推测为蔽膝残片。团队参考文物残片和漆画的配色制作了这组套装中的蔽膝。

图 5-175　魏晋南北朝垂胡袖襦套装

魏晋南北朝 北魏·褶衣（图 5-176）

真丝绞缬褶衣 + 大口裤（缚袴）+ 木屐

参考资料：北朝绞缬绢衣（1）、北魏素绢合欢裤（2）、三国漆木屐（3）、尼雅遗址出土佩囊（4）、北魏彩绘陶牵手女俑（5）

褶衣为通裁不开衩的对穿交上衣，有窄袖、大袖等不同袖形，常与大口裤搭配穿着。穿着大口裤时一般会在膝下以绳带束缚裤腿，这也是南北朝时期男女均可穿着的常见搭配。

图 5-176　魏晋南北朝褶衣

魏晋南北朝 东魏·圆领长袍（图 5-177）

联珠对饮纹圆领袍 + 树叶纹锦缘帽 + 百褶裤

参考资料：河北磁县出土东魏胡俑（1）、尼雅遗址出土锦帽（2）、北朝联珠对饮纹锦袍（3）、营盘出土北朝百褶裤（4）、联珠对饮纹细节（5）

图 5-177　魏晋南北朝圆领长袍

魏晋南北朝　西魏·大袖襦 & 北魏·大袖襦（图 5-178）

西魏男装（1、2）：灯树纹锦缘大袖襦 + 交窬裙 + 平巾帻 + 白纱高屋帽 + 麈尾扇

北魏大袖襦（3）：大袖襦 + 交窬裙

西魏女装（4）：联珠对饮纹锦缘绞缬大袖襦 + 交窬裙 + 蔽膝 + "五星出东方利中国"铭文锦短裙

参考资料：高昌古墓出土晋代灯树纹锦（5）、莫高窟西魏壁画（6、9）、大袖文物残片（7）、北魏鎏金侍女塑像（8）

| 5 | 6 | 7 | 8 | 9 |

图 5-178 魏晋南北朝大袖襦

　　大袖襦（图 5-179）的服饰文物参考实物虽然只有一个残片，但是从这件鎏金侍女塑像（8）中可以清晰地看到大袖襦的整体结构，在同时期的壁画中也可以看到许多穿着大袖襦的人物形象，可见这种服饰在南北朝时期十分流行。

图 5-179　大袖襦

第八节
中国服饰简史·汉晋篇

展示团队：装束复原

汉晋时代，是中国服饰体系走向成熟完善的关键时期。秦统一天下之后，各地服饰在汇聚融合之中走向新的演变。

在本次的视频特辑中，本团队以文物资料为切入点，以时代发展为主线，动态展示了汉晋时期的服饰美学。

战汉时期，作为通用的男女正装式样，袍服仍然属于主流。此时的袍服、襌衣除了直裾式样之外，还流行一种绕襟的曲裾式样。曲裾衣袍将左襟延长，向右包绕，形成一圈圈螺旋状，显得腰肢纤长，具有一种奇特浪漫的风格。同时期贵族男子服饰形象则多为身穿直裾袍，外罩曲裾燕尾襌衣，头戴长冠，足蹬黑屦，腰带长剑。

西汉中期开始，服饰的腰线升高，女装腰线甚至高至胸下，至东汉初仍有此风。同时，盛装礼服的下摆变得蓬松而巨大，呈喇叭状，甚至在后摆做出开衩。随着腰线的升高，曲裾的绕襟变短，发型也变为高髻，眉形由细眉变为粗眉。同时期男装的腰线也有所升高，贵族的燕尾纱衣随之变宽，燕尾变大，长曳于地。

东汉以前，男女服饰的结构大体相同，只在具体设计上有差异。东汉时期，女装率先将里层的裙和襦变成外衣，襦腰掖入裙内，成为最流行的时装，与男装的袍服形成了差异。汉乐府云："缃绮为下裙，紫绮为上襦。"上好的裙襦往往以绮为面料，领袖缘镶嵌织锦，有时外罩纱衣。

东汉男子首服与西汉不同，普遍戴帻。帻原本是包头巾，逐渐发展为硬质定型的帽子，贵贱通用。其中介帻的顶部隆起，后方有耳，尤为常见。此时贵族官员的各类冠也都加于帻上，不露顶发，如进贤冠加于介帻、武弁加于平上帻。东汉男装以直裾袍服、襌衣为主流，体量更加宽博，常在领袖缘镶嵌织锦，各色纱衣仍然十分流行。此外，汉代还有对襟长衣、圆领袍、反闭等各式服装，不胜枚举。

魏晋服饰在继承东汉系统的同时，有了更多美学上的突破，发展出许多不同的造型搭配和装饰形式。例如，裙子多采用拼幅的间色裙，明艳如虹；搭配裙襦的半袖，多采用纹饰华丽的锦绣制作，袖缘镶嵌花边，使整体呈现蝶形轮廓，并随行动飘舞，美轮美奂。裙缘镶嵌花边的设计，运用了材料力学原理，使人行走时不易踩到裙边面料上，此时也开始流行绞缬等扎染工艺。扎染是将布料打绞成结后染色，由于打结处不易染色，形成晕开的不规则渐变效果，并具有凹凸质感。

此时的发型，流行横式鬟髻，下垂余髾，灵动飘逸。面妆则有星、月、花形的额饰、斜红、各式面靥等。

西晋开始，服装廓型有了"上俭下丰"的趋势。东晋时装则更加夸张，裙幅蓬大而鼓起，裙腰较高；上襦短小，多为窄袖，经常将腰襕放在裙外。其同时有"缓鬓倾髻"的造型，在两鬓和脑后施加大量假发，上立高大的鬟髻，还流行插戴刀斧兵器形状的簪子，显得巍峨壮观。东晋南朝还有"内衣外穿"的时尚，女装将裲裆内衣制作成外衣，放到交领之外。我们复原的邓县南朝画像砖上女子，外穿宽边裲裆，左右连缀两条背带，内穿半袖和广袖衫子，下束短围裙和长裙，腰束锦带，头梳飞天紒，脚穿翘头履，尽显卓然逸群的风姿。

这些创新的女装风潮，虽然当时并不被接受且被斥为"服妖"，却在很长时间内广为流行，并直接影响到男装和礼服。此时的男装也随之变为裙襦结构。贵妇的汉式礼服仍然是袿衣，除了袿袍之外，作为燕服的袿衣采用了裙襦式样。魏晋服饰以其丰富的装饰手法和创新的风格，开启了南北朝时代空灵飘逸的服饰美学。

汉晋时代以博大而闳放的艺术品位，塑造了华夏服饰的诸多审美典范，对后世产生了极其深远的影响。希望我们通过孜孜不倦的探索和实践，让昔日的风雅照进今天的生活。

第六章 银瀚论道

第一节
以古循今——面向当代的传统服饰设计与搭配

蝈蝈

在"汉服日常"的大趋势下,当代汉服的设计与搭配一直发生着变化。有些人可能会不理解,设计看上去是汉服设计师们的工作,而搭配是消费者的个人选择,设计与搭配为何会串联在一起?其实设计师设计一件服装必须考虑到整体搭配效果,而穿着者个人的搭配也是一种设计,这两者永远是相互关联的。

除了传统服饰爱好者这一身份之外,我的本职工作是一名设计师。一般在开始设计前,必须要设定一个标杆,也就是设计需要遵循的逻辑和原则——毕竟传统服饰的创新设计不同于时装,它有可变的东西,也有不可变的部分。

我个人认为,不可变的部分就是我们所说的"形制",拆分开来,"形"(Shape)指外部轮廓,而"制"(Structure)指内部结构。"形"比较好理解,即"这件衣服看上去是汉服"。即使我们通过某些手段,让它看起来非常日常,对汉服略有了解的同袍依然能判定出"这是一件汉服",或"这看起来像汉服"。"制"指内部结构,即穿着的逻辑。比如一条一片式的裙子,在这个原则下,再如何改也还是一片式合围的穿着方式,不可能改成拉链款或松紧腰款;一套唐制高腰的裙衫,在这个原则下,不可能把裙衫两件缝合起来,做成套头连衣裙。

那可变的是什么呢?我个人认为:一为衣长、袖长与裙长,这也需要在不过分影响比例和平衡感的条件下,最好保留某一时期廓型的特点;二为固定方式,即扣饰与系带的调整;三为面料、辅料与其他表面装饰,现代纺织技术的发展让我们有了更多面料的选择空间,一些时装面料也可以用来做汉服,同时由于面料特性不同,需要对版型进行调整;四为制作工艺。

在我们进行设计的时候,需要考虑诸多因素,根据我的个人习惯,主要会考虑当地气候、城乡环境与生活场景三大部分。当地气候:气候主要会影响款式和面料的选择。城乡环境:包括建筑和自然环境、人文环境两个部分。自然风貌、建筑的风格和节奏会影响服装的穿搭风格,如在城市中生活,往往会选择融入当代风格的汉服款式,而到了山间田野,则更偏好清新自然飘逸的款式；而人文环境体现在大众对于传统服饰的接受度、整个地区服装的多元化程度等方面，这些因素都会在设计的考量范围之内。生活场景：为了更便于日常生活，我往往会预设穿着的场景，如特定的节日、活动、礼仪场合等。当我们将汉服应用于更日常的穿着场景时，则需要考虑更多——经过的路面是否干净？上下楼梯是否方便？上卫生间是否方便？裙底会不会卡椅子滚轮或扶梯？若室内外温差较大，还需要考虑穿脱是否方便，是否"体面"。

当然，还有预算方面的因素。

这些是设计者所考虑的，不是穿着者必须要遵循的。作为个人，若想在清水混凝土的建筑里穿着金灿灿的织金，也绝对是没有问题的。

廓型与线条的趋势

在中国历史上的不同时期，对于服装平整度的追求是一直在变化的。古代崇尚"曹衣出水、吴带当风"，到了近现代，开始追求平直板正、一丝不苟，总体上对服装进行了简化，减少不必要的褶皱。而当下汉服的流行趋势中也反映了这一点，特别是在裙褶风格上有所体现：10 年前（21 世纪初）流行的是自然而松散的褶子，而现在似乎更加追求褶子的笔直与锋利。这样的变化有几方面的原因。

其一，是为了适应现代的生活方式与节奏。不同于封建时代的贵族，其服装往往由侍者帮助穿着，现代人独立生活且节奏更快，需要追求方便利落，便于日常生活和行动。此时太多的线条意味着不便，就需要更多地选择便服作为日常服饰。

其二，面料和工艺的变化也会对廓型产生影响。古代衣装材质多以丝绸为主，而现代会采用更加丰富多元的面料，比如毛呢等。工业化发展产生的制作工艺进步，也让压褶等工艺成为了可能。另外，自工业革命以来，各个领域的设计都渐渐远离了繁复的装饰，向着更加功能导向的方向发展。不仅是在服装设计方面，工业设计、平面设计、建筑设计等领域也都是如此。在我国，随着清末民初新文化运动的开展，西方的文化和先进技术也传入国内。到了 21 世纪的今天，更是和全球化的大潮紧密联系在一起。在信息时代的发展中，我们也能对这一变化趋势窥知一二：各种视觉传达元素，无论是海报、招贴、网站，乃至手机界面和 APP 图标，都倾向于明确而简洁的线条和色块，让人一眼就能抓到重点。

其三，是服装线条的简化。我国的传统服饰大多数采用系带固定，也有使用布扣的例子，这样的服装整体看上去飘逸灵动。在当代的设计中，需要去除表面冗余的装饰，化繁为简（图 6-1、图 6-2）。

以个人最近实验的几条裙子举例。我去掉了用于固定的常规系带，取而

绳带系结　　　　　　　　　　　　　　纽扣固定

图 6-1　裙装的不同固定方式（1）

绳带系结　　　　　　　　　　　　　　子母扣固定

图 6-2　裙装的不同固定方式（2）

代之的，是一些体积感比较小又与面料风格一致的扣饰。这样的设计会给人更加整体的视觉感受：人们看到的主要是整条裙子（或者整件衣服）的廓型，而会忽略掉这些细节上的装饰，从而获得简洁利落的线条。

在 2021 年的夏天，我进行了一次宋制夏装的尝试。在这次实验设计中，我选取了天然棉麻的材料。棉麻材质容易产生褶皱，如果用于制作古典风格的服装，面料上的褶皱就会影响整件服装的线条，因此在汉服的实际制作售卖中，是一种较少使用的面料。我参考了福建福州南宋黄昇墓中的衣物数据，选取了短通袖短衫、窄摆两片裙等代表性单品，它们的廓型在当代看来仍然简洁利落。在整体搭配上，仅保留抹胸、衫、裙三种色块进行视觉呈现，或保留一条窄系带进行视觉上纵向的引导，而将其他的琐碎元素的影响降至最低（图 6-3）。

图 6-3 《绫罗之外》Summer Lookbook 宋风夏装

当然,这样的设计在一定程度上会失去一些"传统""古典"的韵味,但通过一些设计手段,对各种元素进行组合搭配,也可以传达出这样的感受,甚至可以比单纯追求造型上的"还原"效果更好。我们所追求的古典情趣,并不局限于外形,也可以体现在神韵上。我的这次尝试在发布后收到了不少正面的反馈,但以个人之力也难以进行更加广泛的测试和验证,其在更大范围中的接受度尚待市场检验,也期待各位同袍能够在这个方向上做出更进一步的探索。

在最近两年,我们甚至会看到一种新的趋势,即"去明扣"。比如一件秋冬穿的明制披袄,外侧没有任何系带或扣子,只使用一些暗扣在内侧固定,这样从外面看起来就是一个光洁的表面。这样的一体化设计,也可以反映出对平整度的追求。除了扣饰系带的调整,引入不同的服装制作工艺也会让汉服在当代变得更加有趣。

在 2020 年的冬天，我进行了一次明制冬装的探索，使用时装中常用的双面羊毛呢面料进行制作。我认为双面毛呢拼接处的凸起感是非常有趣的元素。对于传统服饰上中缝和接袖元素在当代是否应该继续存在，一部分人一直争论不休，其焦点主要在于拼接的存在会让花纹变得琐碎、不完整。但我认为在纯色毛呢面料上，中缝与接袖反而是值得强调的结构：对于表面较为简洁整体的服装单品而言，这样直率表现的分割线条不仅能够丰富其视觉效果，还能让整件衣服从平面变为立体，并反映出"功能决定形式"的现代主义思想。

内外层关系的调整

在传统服饰中，内外层体系是非常重要的，从里衣、中衣到外衣，秩序分明，就像我们常说的，"汉服不止是一层皮"。但在当代的非礼仪场合、在日常穿着的过程中，大多数穿着者并不会从内到外都按照传统服装的层次，尤其是在夏天和冬天。

对于穿搭层次，我们似乎有着一套"当代使用法则"：首先，当我们选择传统的里衣、中衣时，鲜少是为了"我要完成一套完整的层次"或"这样穿更符合我的习惯"，而更看重内层衣物支撑轮廓与隔污的作用。若想重现盛唐女子的风情，在最外层裙装内一般会有一条打褶衬裙，才能呈现出纺锤形的外层衣物轮廓；若想让明马面裙达到同《元宵行乐图》中一般的撑开效果，一条面料稍硬挺的衬裙也是必不可少的。其次，更偏重内外层搭配的整体性与装饰性。当我选择内搭时，我希望这件内搭与我的外层衣物相互响应——这种呼应，可以是色彩或纹样题材上的搭配、材质纹理的对比，或可透出内层的肤色，营造出朦胧绰约的视觉效果，这显然比常规的白色内搭更有趣一些。白纱衫与红主腰就是一个很好的例子，若是再配上月白色的纱裙，晚明女子的曼妙风姿便跃然而生。最后，我们往往希望无论是外衣还是内搭，都可以拆分开来单独穿着，里衣本身也可以是一件非常有设计感的单品，或打破原有的层次，"内衣外穿"。

虽然传统的内层衣物可以基本满足我们的搭配需求，但到了秋冬，这一切又变得复杂了起来。同袍在秋冬穿明制袄的时候，内搭基本就是打底衫或毛衣，很难把交领领口上方的毛衣领口藏起来。而我个人认为，在一些非传统风格的穿搭中，与其这样遮遮掩掩，倒不如去正视它，让它为我们所用。通过合理搭配，使其成为内搭体系的一部分——毕竟我们生活在当代，就一定会接触到不同的服装风格。抱着这样的想法，在 2021 年年底，我进行了唐制冬装的实验（图 6-4）。

我们似乎有着这样一种刻板印象："夏穿唐宋冬穿明"，这其中有一定的

图 6-4 《丝绒玫瑰与乌木》Winter Lookbook 唐风冬装（1）

历史原因，即明代处于小冰河时期，整体气温较低；而更重要的一点，则是由于在当代的主流审美下，"显瘦"成为了大家普遍追崇的属性。如果采用传统方式逐层穿着唐制衣装，若要满足保暖的功能需求，则势必会变得极其臃肿，领口的保暖性也不够；而明制则可以在内层添加足够的保暖衣物，同时通过大放量保持外观上的"苗条"，成为大家的秋冬首选。出于这样的原因，商家与我们个人消费者普遍会忽略掉唐制冬装。我个人虽然并不十分认同"显瘦"这一追求，但作为设计师，在进行前瞻性探索的同时，也必须设法满足当下的大众需要。于是问题就变成了：如何在满足"显瘦"需求的同时，为唐冬装赋予当代的穿搭方式？

为了解决这一问题，我在唐冬装的基础上引入了时装高领羊绒毛衣作为内搭，羊绒在保持衣物相对轻盈的同时又拥有良好的保暖性，高领也补充领口这一区域的层次。而在具体单品的挑选上，从色彩、面料、质感、肌理等各个方面入手，选择与唐制外衣风格一致的针织毛衣，让时装单品和与传统服饰的部分形成整体的和谐搭配，并不会有"违和感"，而这些又是在保留了唐制原有的标志性廓型的基础上实现的（图 6-5）。

图 6-5 《丝绒玫瑰与乌木》Winter Lookbook 唐风冬装（2）

功能与应用

"我需要口袋。"这可能是每一位女性消费者的心声。这在时装中尚且不能完全满足,更不用说本就以文化与装饰属性为主的汉服。但要想让汉服以一件服装的形式存在于当代社会,让它真正"活起来"、让大家真正"穿起来",那回归服装的实用属性是必经之路。

虽说口袋主要是出于实用需求,但它又成为了一个设计点(图6-6)。口袋的存在方式需要与整件衣服的设计语言一致:若呈现的方式是一体化的设计,表面没有太多的装饰,个人通常会选择侧暗袋,隐形于上衣两侧开衩的位置;若强调的是服装上的线条,那就可以利用外侧的明袋,通过加入线迹装饰,成为整件衣服的一部分。当然口袋的存在形式有很多种,我之后还会尝试内暗袋的加入,可以满足个人证件、私密物品存放的需求。

除了口袋的加入,我们也需要根据当代人本身特点与生活场景,对衣物的版型与数据进行调整——我们与古人的生活环境、生活方式,甚至体态、行动习惯,均有不同之处,照搬版型与数据并不一定就能带来较好的上身效果。

其中较为直观的例子就是南宋时期的服装,对襟衫的文物多为近矩形,衣摆非常小。这样的版型在当代,仅适合胸围、腰围、臀围数据差非常小的女性,常规身材的女性穿上后可能都会有不自然的堆积感。故针对这一类版型,我会对摆宽、两边夹角进行微调,在保留时代风貌的同时提升穿着的舒适度。这样的调整在使用时装毛呢面料制作汉服时显得更为重要。由于面料

图6-6 裙装上的暗袋

特性不同，毛呢面料（尤其是厚料）大多不具备文物常用丝绸的垂软度和延展性。大致来讲，矩形裁片需要调整为梯形，大三角褶需要分散成若干小三角褶，才能保证整体廓型与丝绸制品更为相近。

虽然我个人一直以来探索的都是汉服在当代的存在方式，也非常支持日常化的发展，但我认为，传统服饰再如何变，在当代的第一要义依然是它的审美及美育功效，不能为了"日常"而强行日常。一件无法让人感知到美与情致趣味的汉服，是没有"灵魂"的。这种美，可以是廓型美、线条美、颜色美、花纹美、材质美，或者非常抽象的，神韵或审美情趣上的美，拥有东方的古雅和浪漫，或与个人的情感产生共鸣。

结语

作为设计师，需要以人为本，满足消费者日益增长的需求，不要抗拒这个时代的变化。而作为传统服饰类的设计师，多少会有一些热爱与坚持的东西，在每个设计师心中也有一把尺，每个人对"现代—传统"的度的把握也是不同的，也是如此，才有了这个市场的百家争鸣、百花齐放。所以，此次分享的内容只是个人理解和诠释，每个人的生活环境不同，也可以生长出不同的理解与看法。

面向当代的传统服饰设计是一个非常有趣的命题，相较于其他服饰，我们是戴着"枷锁"在跳舞，要有所保留，也要尽可能地创新，让古老的服装形制在当代焕发出新的活力，这也正是传统服饰的魅力之一。

第二节
最是人间烟火气——传统美学的网络传播

阿时

我所理解的传统美学：人间烟火也可以是传统之美

什么是"传统美学"？

有的文章说传统美学有三个定义："美在意象，审美活动就是要在物理世界之外构建一个意象世界；意象世界照亮真实的世界（自然），它不是逻辑的'真'，而是存在的'真'，是一个充满生命的有情趣的世界；审美活动是人的超理性的精神活动。"

对于一个工科生而言，消化这一连串的概念着实有一些困难，但当我看到博物馆展柜里那些珠光宝气的首饰，看到华丽繁复的装束时，会出于本能地发出感慨。

艺术鉴赏需要专业学习，但发现美、感受美，人人都可以。

相较于专业的学者，我所理解的和我所尝试表达的，是从一个普通中国人的视角出发，所感受到的传统美。于是我拍了《珍珠美人图鉴》和《亘古余辉的金》。

有次闲聊，一个导演朋友看了视频说："感觉你们这些喜欢传统、喜欢汉服的女孩子，都很像是不食人间烟火的'仙女'，特别吸引人，特别有古典美。"然而《珍珠美人图鉴》里有两个美人在宋代秉烛夜行，在明代划船赏荷；《亘古余辉的金》里有小侍女给小公主做酥山，小情侣在上元节赏花灯。这些都只是一些古人衣食住行的生活碎片。

"我从未幻想过成为'仙女'，我就是人间烟火。"

或许是我们太喜欢这些烟火气，所以才想用图片或视频的形式，去再现一个个认真生活的古人。如果这些视频能给予观者以美，那或许是因为人间烟火也是传统之美。能体现传统美学的不只是阳春白雪，不只是瓷器书画，也可以是历史中风吹起的美人面纱，是烛光下的金镯。生命精神是中国哲学和美学的根本精神，人间烟火也是传统之美。

所以本次和大家做分享的意义大概就是：从普通人的视角出发，讲述百家生活，同样是传播传统美学，同样有意义。

美的大众传播：洞悉需求，引起共鸣

人们对于自己喜欢的东西，总是会希望身边的人也能同你一样欢喜。作为文博爱好者，我特别喜欢邀请朋友一起逛博物馆。大一的时候，我拉着好闺蜜打卡了杭州大部分的博物馆，她总是非常勉强。但如果我在社交软件上给她发文物表情包，她却会立刻添加进表情包列表。

对于大部分年轻人来说，展柜里的文物就像是高岭之花，和她们的生活相距甚远。因为表情包是日常所用，所以当文物与表情包结合，就可以躺进他们的微信列表。同理，好看的衣服是人们的日常所需，所以有越来越多的人会选择尝试日常汉服。

都说众口难调，当我们想要把自己的宝贝分享给更多人的时候，更换一个打开大门的方式，让这件宝贝符合大众的需求，引起大众的共鸣，才能让更多的人感同身受。

于是在这个时候，"不专业"也正是我们普通人的优势。大众传播需要走群众路线，而我们就是群众。我们更能从普通群众的视角去看待文物，去发现文物与大众的共鸣点。

这也让我更坚定地尝试向更多的人分享传统之美。

拍摄实战解析：从珍珠美人图到亘古余辉的金

我的朋友菜菜（小红书 @ 蝎子菜菜），现在是东华大学新闻传播专业的研究生，她考研的时候和我分享了一个打造爆文的考点：

①解决实际需求，利他性；②满足八卦心理；③分享不同的生活方式；④颜值

从个人的角度出发，传统首饰系列的基本公式则是④+①/②/③。作为哔哩哔哩网站深度用户，我自己就特别喜欢看美女的混剪视频。所以我们从拍美人穿戴首饰入手，打颜值牌，以一种最直观的视觉效果，来让大家感受服饰文物的美。

《珍珠美人图鉴》

《珍珠美人图鉴》（以下简称《珍珠美人》）一共拍了6组复原造型——初唐（图6-7）、北宋、明代万历、晚明以及19世纪20年代、19世纪30年代两组民国造型，时间跨度近千年。作为我的第一条微视频，我在其中做了不少复原视频的初尝试。

视频内容编排上，以④+②和④+③公式为主。初唐和19世纪30年代的部分属于④+②的公式，即"颜值+情侣"的组合。当代年轻人不一定想自己谈恋爱，但都喜欢"嗑cp"。这话虽然听起来有点俗，但是从数据

图6-7 《珍珠美人图鉴》复刻初唐造型
出镜（左至右，下同）：伊恩、阿时　妆造：君君　摄影：栗夏鹿、云游

上来看，确实是"金手指"。最强有力的证据就是，很多人关注我的账号，都是从民国情侣头像开始的（图6-8）。即使产出情侣头像并非我民国复原创作的拍摄本意。

造型的复原和场景的搭建则是以古画、插画为灵感，从历史资料中选取片段进行再创作。以古画为例，晚明的场景和造型均参考自明代消夏图（图6-9）。在摄影棚内，通过镜面纸的反光来模拟水反射的微波，用花泥和仿真花布置夏季荷塘之景，借用烟雾机来表现氤氲的水汽。

而废领时代的两个造型则以民国插画、老照片为参考，复原经典的废领时代女性造型，在西湖边的民国建筑进行取景（图6-10）。

美，不分国界。北宋的场景和服饰背景参考了河南登封唐庄宋墓壁画,但是在配色、打光和构图上参考了西方油画《戴珍珠耳环的少女》(图6-11)。除了北宋的这个场景,配乐上同样尝试了中西结合的形式,采用西方流行乐作为背景音乐进行混剪,不把古的东西局限在"古"这个字上。虽然有部分观众表示很意外,但也正是因为这次尝试,此视频"走出国门"并在英文社交平台上引起了一定的水花。

图6-8 《珍珠美人图鉴》复刻19世纪30年代造型
出镜:天阳、阿时 妆造:君君、颜馥雪 摄影:栗夏鹿、云游

图6-9 《珍珠美人图鉴》复刻晚明造型、晚明消夏图
出镜:@陈喜悦耶、阿时 妆造:颜馥雪、君君
摄影:云游

图6-10 《珍珠美人图鉴》复刻19世纪20年代造型、19世纪20年代老照片、插画(参考资料源自网络)
出镜:@陈喜悦耶、阿时 妆造:颜馥雪
摄影:星木

图6-11 《珍珠美人图鉴》复刻北宋造型、《带珍珠耳环的少女》
出镜:阿时 妆造:君君 摄影:云游

《亘古余辉的金》

在《亘古余辉的金》(以下简称《金》)中，我们在《珍珠美人》的基础上，尝试了更多的可能性（图6-12）。在原本计划中，《金》是一则关于金的历史与人类传承的故事，所以更偏向于纪录片的展现形式。短片以时间为线，首尾贯穿中国传统金饰的发展历史解说。中间集中选择三个最有代表性的朝代结合民俗生活，通过小剧情将金饰置于真实的生活场景之中。特写镜头结合文字辅助讲解，以展示中国古代金饰的制造工艺。内容编排上以④+③（颜值+生活方式）的方式进行构思。每个朝代之间增加了转场设计，来保留《珍珠美人》的视觉呈现效果。

图6-12 《亘古余辉的金》视频封面
出镜：予儿、阿时、慕子枭 妆造：颜馥雪 摄影、后期：谢泽

4000年前开始，中国人就开始把金制作成装饰品。依托于已发掘的文物，我们向大家展示了3个时期的金饰造型。

1. 李静训和她的国宝首饰

李静训（600—608年），字小孩，陇西成纪（今甘肃秦安县）人，北周大将军李贤曾孙女，光禄大夫李敏之女。其自幼深受外祖母北周太后杨丽华的溺爱，一直在宫中抚养。隋炀帝大业四年（608年），其殁于宫中，时年九岁。杨丽华十分悲痛，以厚礼葬之。1957年，在西安城西发现了保存最完整，等级规格最高的隋代墓葬——李静训墓。

李小孩可以说是汉服圈最知名的"小孩"，更是做金饰造型复原的主题绕不开的一位人物。在各位商家的帮助下，团队根据网络上流传比较广的造型图（和实际出土情况有所出入），用黄金闹蛾扑花、嵌宝石金项链、嵌宝石金对镯进行造型设计，以展示小孩的这一套国宝首饰。

在拍摄的时候，隋代金饰的部分以展示为主。隋唐金饰不可谓少，但选择这组首饰也有一定的考虑。除了小孩和这组首饰的知名度以外，这组首饰很好地展示了中国古代捶揲、拉丝、编织、剪切、錾刻、镶嵌等传统黄金工艺。同时，它的制作工艺和装饰形制颇具波斯文化艺术风格，也更能表达"美而共"。通过这些具有外域风格的文物，见证了隋唐时期的金银器吸收了外来文化，并且与本土文化相融合。文明并非孤立而生，互相交流、碰撞汲取，才能更好地发展。

2. 低调奢华的宋元首饰

宋元时期，民间金银制作业已经十分发达，且产品流布四方，贸易渠道很是通畅，金饰逐渐走入民间。结合视频拍摄的时间，我们将这组的事件背景设置在南宋的元宵之夜，拍摄一对小情侣的约会日常，穿插一位仕女的造型展示，从而希望能给大家更多的"生活"角度的代入感。

复原方面，南宋女性的造型以江西德安南宋周氏墓为原型，挑战了一回南宋金冠和金帘梳的搭配（图6-13、图6-14）。现在再看这组造型，花、插梳的搭配以及金帘梳放置的位置都有一定的遗憾，但在当时是一次新的尝试。除了造型搭配，团队根据古画手工打造了南宋暖阁的灯景，运用亮格、传统灯和窗外隐隐透出芭蕉（虽然冬天有翠绿芭蕉并不合理），打造出笔者所钟爱的宋代元素、幻想中的宋代场景。

图6-13 周氏墓女主人造型复原图　　图6-14 《亘古余辉的金》复原南宋金冠造型

出镜：阿时　妆造：君君　摄影：谢泽

图6-15 宋代弯月形耳饰文物图（图源：微博@梁宋君）

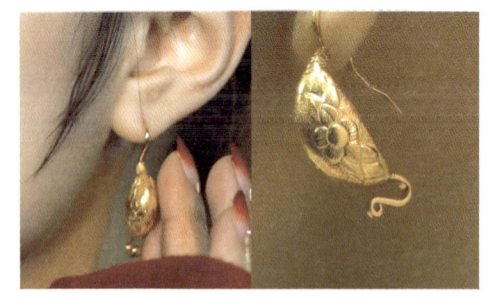

图6-16 《亘古余辉的金》宋代弯月耳饰复刻款
出镜：阿时 首饰：银缸记 妆造：君君 摄影：谢泽

图6-17 宋代金盒文物图　图6-18 金盒复刻款（图源：微博@崔季陵）

南宋的片段，由导演谢泽现场设计了一个小剧情，上元灯会书生以弯月形花果耳饰为定情信物赠予小娘子。耳饰和放置耳饰的首饰盒均有宋代文物的参考原型（图6-15~图6-18）。原本在展柜灯光之下与观众隔着玻璃的文物，在视频中由书生缓缓递入"我"的手中。打开盖子，抬起手，灯光与金相映。透过光，原本与观众相隔近千年的文物在这一刻是那么近，仿佛"我"真的拥有了"它"。

3. 臻于辉煌的明代首饰

明代时期的金饰可以说是把笔者带进中国古代金饰大门的朝代金饰。特别是笔者刚接触时，明代的䯼髻造型作为大明富婆的代表就非常热门。明代首饰是金银首饰的集大成者，也是华贵与精致的登峰造极。考古发现中的金银首饰，数量之多，以明代为最，品类也最为丰富。与䯼髻相关的出土文物和资料非常丰富，市场也相对成熟，因而拍摄明代金饰非䯼髻莫属（图6-19）。

为了搭配此次的䯼髻造型，团队定制了一款以现代的眼光看，带有一丝装饰艺术（Art Deco）风格的八珠环。八珠、葫芦、一珠是宋元时期就已经流行的传统样式。八珠环，四珠一只，一副则八珠。八珠环纳入了明代舆服制度，明孝洁皇后像等都清楚展现了形制规整的金镶宝八珠耳环（图6-20~图6-22）。

图6-19 《亘古余辉的金》复原明代中期䯼髻造型
出镜：阿时、慕子枭 妆造：君君、颜馥雪 摄影：谢泽

图6-20 明孝洁皇后陈氏像（图源：微博@佩然君）

图 6-21　八珠环文物图（图源：微博@梁宋君）　　图 6-22　《亘古余辉的金》复刻明代八珠环耳饰　摄影：谢泽

关于传承的故事

人类传承的生活故事，是笔者最爱的创作主题。

对于传统服饰爱好者来说，传统服饰的魅力不仅是服饰的华丽精美，更是当时人们在穿着时对生活的那份憧憬。因而在构思拍摄的时候，笔者并不希望镜头里的美人们美则美矣，却毫无生气。加入衣食住行的元素，更能拉近和观众之间的距离，也更有趣味性。

于是，团队在隋唐篇加入了唐代的点心和冰淇淋（图 6-23）。不仅是小模特，在场的工作人员都对这两个食品道具充满兴趣。

图 6-23　《亘古余辉的金》复刻隋唐点心 / 酥山与制作参考
出镜：予儿、阿时　妆造：顾馥雪、君君　摄影：谢泽

宋明时期，节日习俗逐渐成熟，于是团队选择了众人较为熟悉的元宵节作为共同的时间背景。一方面是相关的文献资料较为齐全，另一方面是出于对传统灯的热爱。为了拍摄这条视频，根据文献、古画和影视资料，团队手工制作了八角灯、滚灯、球灯、无骨灯、鱼灯以及球形的路灯。在南宋的场景里，团队复刻了《观灯图》《笔中情》中的组合灯（图6-24、图6-25）。它由华盖、八角灯、球灯、无骨灯组合而成，从屋檐垂下，十分壮观。明代场景则以《元宵行乐图》为主要参考，复刻了三种花灯（图6-26）。鱼灯，参考明清古画订购了一款手举竹竿式的鱼灯，鱼身可摆动，非常灵动。路灯，与花灯非遗传人许宾老师定制了一盏大号的球灯，以红色、绿色、黄色三个明代常见配色绘制灯面，置于内景的移动宫墙前，作为古代"路灯"。滚灯，用竹篾扎了一个直径近一米的大型滚灯，用联珠纹布料作灯面，以还原古画中仕女高举滚灯的场景。在烟花爆竹禁燃禁放的现代生活里，花市灯如昼或许会成为我们新的共同的节日记忆。

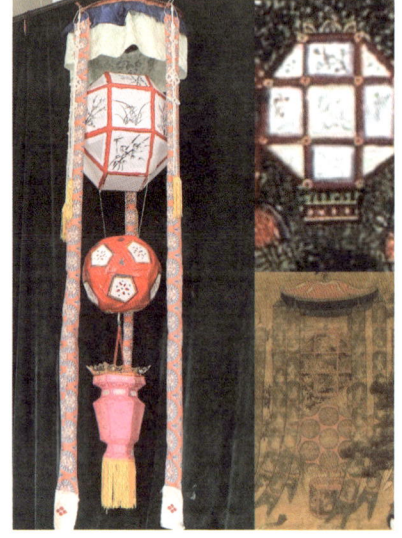

图6-24 《亘古余辉的金》南宋造型与传统灯以及传统灯制作参考图
出镜：阿时、夜刈　妆造：颜馥雪、君君
摄影：谢泽

图6-25 复刻《观灯图》组合灯与参考图

视频里，每个人物都能给人"活"着的感觉，这些精美的服装首饰带着那个年代的时代记忆再次沾染了人的气息，经过一代又一代人的交替，再次呈现在我们眼前。

笔者特别喜欢一款国风玄幻游戏里的一句台词："或许十年不可，百年无成，但千载之后，应会有所不同。"如果一个人是弱小的，那就把人聚起来。如果一代人是渺小的，那就世代传承。

图 6-26 《亘古余辉的金》明代中期造型与传统灯
出镜：阿时、慕子枭　妆造：颜馥雪、君君　摄影：谢泽

于是笔者在视频里说："人一生不过数十载，朝代兴起又灭亡。唯有黄金还在重现亘古恒星们的余辉。于是，渺若微尘的人类，给这束光塑造了姿态。借着这份光，万年永存。"

我们可以透过金，看到四五千年前在这片土地上努力生活的新石器人，四五千年后的人们也能通过金看到今天的我们。人还是人，时间没有为谁停滞，人能靠自己透过时间看到人。这是金饰的魅力，也是这片土地上，每一个认真生活的中华儿女的魅力。

"星火世传，奋飞不辍"，或许是我们华夏民族最质朴的信仰。

说给最后

从高中刚刚接触汉服这个概念，到现在服饰历史已成为笔者工作生活的一部分。数年间，从摸黑前行到"岂曰无衣，与子同袍"不再是一句口号；从绞尽脑汁想要做一件比较有历史依据可循的衣服，到服饰复原的表现形式逐渐多元化，这是无数人坚持和努力的成果。想借用朋友的一句话："我为能成为汉服发展时代长河中一波推进的小浪花而感到骄傲。"

第三节
山川人物——历史服饰文化考证成果的活化呈现

鱼汤

当我们谈及服饰及传统美学时，自然会谈及审美。而审美是一个很主观的行为，如果只是将"她"停留在言语之中，那也只会是言之无物。《论语》说过"文质彬彬，然后君子"，质是本质，文是外在的显现。形而上的审美，自然也是需要形而下的器、物去承载"她"，将其展现。视频的形式，就是一种很好承接传统文化、传统审美的方式，它可以动态且全方位展现出服饰、场景、道具、语言与历史文化等方面的内容，让传统文化与审美不止停留在口头与书面。

许多老师夸赞过屠楼志团队拍摄的片子具备真实感与生活感，就像看到古人的生活一般。真实感是由无数细节推敲打磨而来的，而古人生活最真实的细节就在于文物与文献之间。一套完整的服饰，涉及服饰本身的结构，还有其使用的织物组织与材料（例如绫、罗、绸、缎、棉、麻等），同样的还有色彩、工艺、穿着的方式、层次等多个方面。在研究时，除了实物外，应结合同时代多维度资料进行分析。正如团队制作明代晚期官员常服时，除了参考传世实物之外，还会同时结合画像以及明代的典籍（图6-27）。通过对这三者的研究，服饰的结构比例、布料颜色、上身效果与等级功能等信息都变得清晰明了。

但这只是一件衣服的呈现，要想让一套服饰"活起来"，还需要将其置身于一个完整且合理的场景内。首先是建筑，需要根据故事背景挑选最为合乎时代与地域的建筑。空旷的建筑内还需要大量的道具进行填充。无论是生活用品还是文玩器具，也要尽量贴合时代风貌和时人的使用习惯进行挑选。如团队拍摄的场景内，出现了食盒、石屏、紫檀盒子、木托盘、仿玳瑁小盒等器物，都是结合出土实物与书画材料进行的摆设。对细节的严苛要求是团队一贯的坚持，即使不是主体表现的事物，我们也会下苦工去研究并制作。在拍摄《祁彪佳日记》（图6-28）时，因为一场室内片段出现了床具，团队便花费大力气用尽几十米真丝绞经纱料制作了一套床帷，虽然它在影片中的呈现只是一闪而过的背景。

除了可以直观通过实物与图像看到服饰器具，还有如明代的《长物志》

图 6-27 一品补服再现作品

图 6-28 《祁彪佳日记》置景

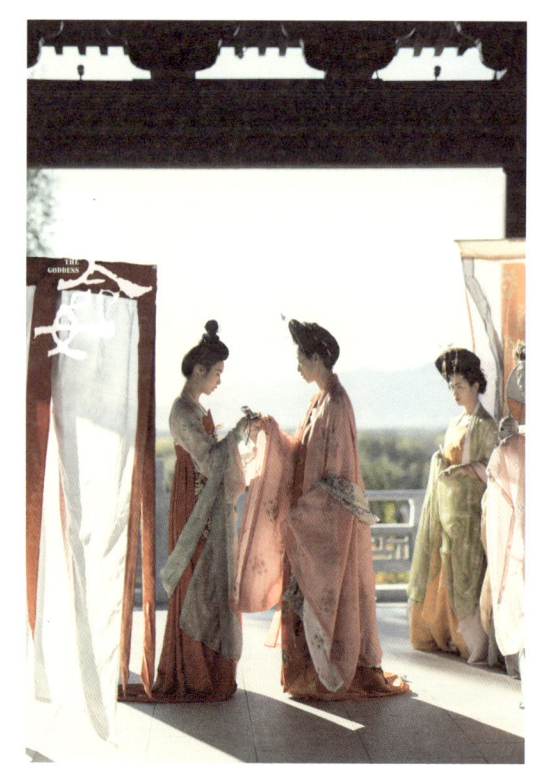

图 6-29 《长命女》剧照

《遵生八笺》《酌中志》，宋代的《梦溪笔谈》《东京梦华录》《容斋随笔》等文字性的资料，它们讲述了当时代的风俗习惯、器物的流行，是最好体现时人好恶的资料。对于这方面资料的使用，也是可以极大充实细节与真实感。

团队正在拍摄的一部五代题材的视频，故事涉及南北方的不同地域（图 6-29）。五代是混乱割据的时代，在南北各地林立了数个国家，每个国家都有自己独特的文化与流行。即使是毗邻的两个国家，服饰风格上都会有显著的区别。

绝大多数内容创作者可能都会面临一个问题，有限的文物资料如何满足无限的创作需求？笔者认为在进行某些特定时代的创作时，如果文物实物资料相对缺乏，或许可以参考相近时期的实物，同时结合当时的图画、文献、陶俑等资料进行风格上的复原。

例如本团队作品《天仙子》中货郎的造型（图6-30）。宋代服饰出土较少，尤其是底层百姓的服饰，只有部分画作有所体现。于是笔者以图画为主，寻找就近时期的服饰文物以及其他资料，学习当时的设计思维，以当时的设计语言重新设计了这套衣服的造型。比如外套的圆领袍，参考了浙江台州赵伯澐墓、江苏金坛周瑀墓还有福建福州茶园山墓的服饰，结合图画中的形象重新调整领袖等部分而设计。

而拍摄《祁彪佳日记》所做的乐工造型，也是未见服饰实物仅见画像，以前面所说思路进行的设计（图6-31）。

有一位在古代建筑方面耕耘多年的朋友提出，目前传统文化（特别是传统美学）范围所做的内容以及由单一器物造型的还原，到了需要多方面复原内容共同合作呈现的地步，未来肯定是需要更加综合的，一些影像还原的内容方向是需要去做的。随着科技的发展，AR、VR、元宇宙的兴起，如何将传统服饰、传统美学以更新的载体去呈现传播，我想，这也是我们这代人应当努力的方向。

图6-30　《天仙子》剧照　　　　　图6-31　乐工服

第四节
传统民俗风物的摄影语言表达——我如何理解千年前的"我"

周旋

传统文化渗透下的摄影自我表达

笔者在大二和喜欢汉服的朋友开启了汉服城市旅拍计划，最开始只追求纯粹的人物唯美，拍摄之余见到了不同的传统建筑，于是重新思考传统服饰与城市文化的关联意义。历史是过去人的故事，摄影对于笔者而言则是记忆的片刻凝固。

汉服的历史体系庞大，它联载的不只是服饰本身，还有背后汉民族的整个文化体系。大部分艺术从业者也不敢轻易对待，笔者也是一样。虽然保持敬重是很有必要的，但还需在这段距离中挖掘审美的可能性。好的作品其背后一定是有自我精神与民族精神的融合。所以笔者后来的创作几乎都变成了在四时节气里寻找过去的衣食住行，而人与服饰仅仅是作为一个局部的体现（图6-32~图6-34）。

图6-32 2022年《成化·元宵图志》摄影图集（1） 图6-33 2021年《梦梁录·杂剧艺人》摄影图集 图6-34 2021年《梦梁录·元宵篇》摄影图集

读书时也学到中国的古典哲学大多是意在言外，寓言里的暗示可以引人不断拓长思考的脉络，从而达到言有尽而意无穷。笔者认为这份思考是带有人文审美的，随着时代发展和传播媒介的迭代，言也不再是文字绘画上的，光学镜头下的镜头语言也在不断刺激着人的审美感知。如何在摄影里解构真实的历史同时保留哲思意味也是笔者一直在反复思考与追求的（图6-35、图6-36）。

图6-35　2020年《吾乡篇·初唐》摄影图集　　图6-36　2022年《七夕货郎图景篇》宣传海报

众生相的展现

以笔者2022年创作的明代群像《成化·元宵图志》作品思路去拆分，画面里展现的是明代上元节中，身份各异的人们在集市里赏灯、玩乐（图6-37）。如果作品单从历史复原的角度出发，那这副画面里会有许多逻辑硬伤。并且在人物造型上，我提取的是从宣德到弘治时期的可考资料图例。历史资料是有限的，但是基于真实历史的想象可以自由发挥。

笔者在最初拍摄构建时将工作内容分成了4个板块：脚本设定、服饰选择、造型思路、道具制作。这4个板块相辅相成，服饰与道具为人物设定服务。而创作里的人物不管是假想抑或是真实存在，其行为肯定是遵从于自己的设定逻辑。我选择群像的创作是希望能最大化地展现不同阶级身份的人物造型与状态。基于这样的设定，笔者选择了一条人物主线：货郎进城。

"货郎"题材自北宋到明清都是宫廷画家创作的一大类型，其中最典型的莫过于李嵩的《货郎图》（图6-38）。宫廷画家作画时往往会受到形式上

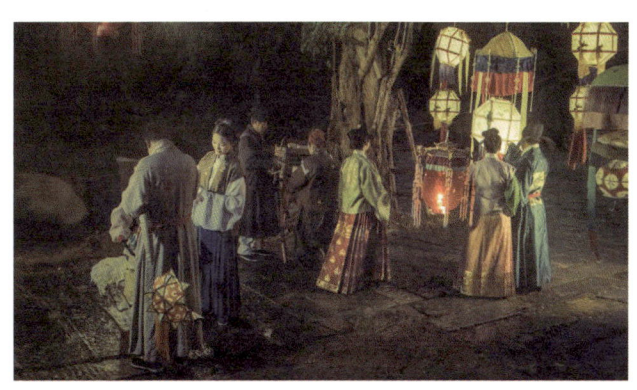

图6-37　2022年《成化·元宵图志》摄影图集（2）

的要求，所以笔者在重新审理素材时会考虑到资料中的"写实"与"虚拟"。如果创作以真实历史为蓝本，却又将虚拟部分二次利用，反而会造成画面人物的行为失衡。

受《货郎图》的启发，笔者陆续查找了明代的绘画资料。考虑到明代传世的许多货郎担造型都已趋于装饰化、宫廷化，于是在元末明初的《太平风会图》里确定了世俗化的货郎担造型（图6-39）。而这里的货郎担造型也非常接近北宋时期张择端所绘的《清明上河图》里的货郎担造型（图6-40）。

尽管这两幅画作相隔200余年，但能看到货郎担的造型变化不大（图6-41）。在确定了画面的贯穿道具之后，笔者对使用它的角色进行了反问：他是卖什么的？家境如何？他的性格怎样？

"以竹编维生、家境贫寒不至穷苦、热心却啰嗦、常年挑着担子使他肩膀上的布料有了磨损"——这是笔者对货郎的简易版人物侧写。在选角时笔者找到了自己的舅舅，他半辈子都在工厂做工，从他身上能看到劳动人民之间的情感互通。这种情感的链接可以无视时间与空间的存在（图6-42）。

图6-38 南宋李嵩《货郎图》

图6-39 元朱玉《太平风会图》（局部）

图6-40 北宋张择端《清明上河图》（局部）

图6-41 货郎担最终制作效果

图6-42 人物设定效果画面

群像里其余出现的角色分别还有富商家庭、士人家庭、木偶艺人。大部分女性角色的服饰与造型参考日本僧人雪舟在成化年间（1465—1487年）游览明代市井记录的画像和明代佛教题材画像《释氏源流应化事迹》（图6-43、图6-44）。

造型的复原也不是完全地对古画资料照搬，需要对演员的整体脸型与体态进行考量，甚至细微到对首饰的取舍（图6-45），在不断地对人物的调整中找到现代审美与古典审美的平衡点（图6-46）。

《成化·元宵图志》里主要的夜景氛围烘托是靠元宵的"灯山"。在这里，笔者借鉴了《明宪宗元宵行乐图》里的鳌山灯棚（图6-47）。宫灯在民间的出现其实是犯了历史常识错误，但基于对整体画面元素的考量，笔者希望观者能尽可能地看到更多的关于同一个时期的风物，便将宫灯选择性的进

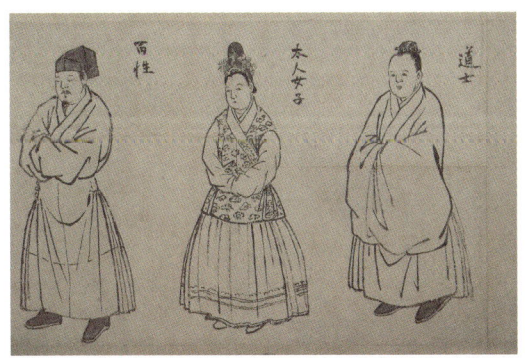

图6-43　日本画家雪舟成化年间所绘（图源微博@扬眉剑舞） 　　图6-44　明成化时期刻本《释氏源流应化事迹》（局部，图源微博@陆梣迦） 　　图6-45　明初三小髻造型示意

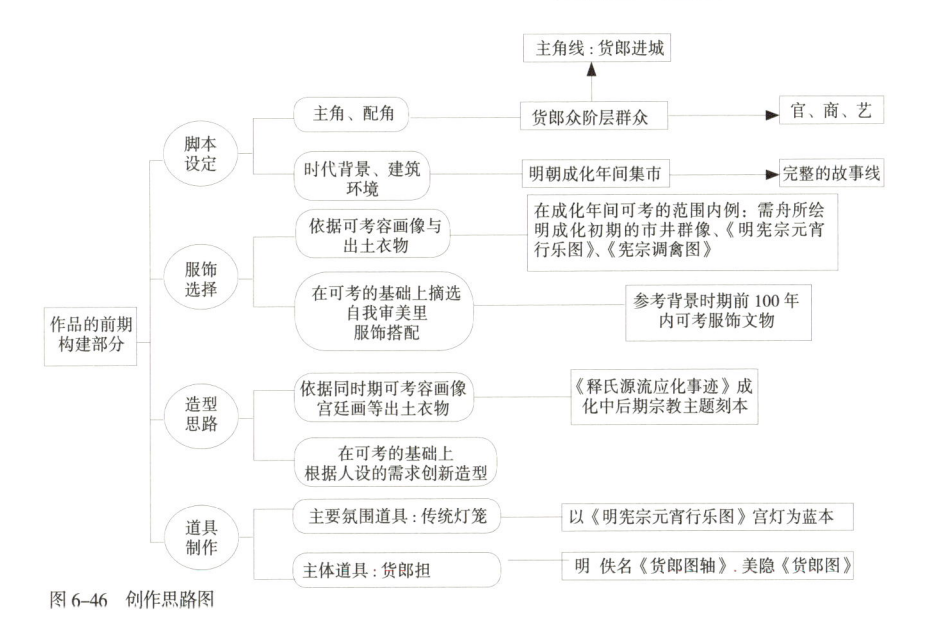

图6-46　创作思路图

图 6-47　明商喜《明宪宗元宵行乐图》(局部) 　　　　　　　　　图 6-48　《成化·元宵图志》夜景氛围图

行制作布景（图 6-48）。为了不喧宾夺主，笔者将灯山排列分散，也是将视觉中心的光源分散到人群画面中心，最后达到整体图片氛围的再次拔高。

历史中不存在的故事

除了以真实历史为原型的复原创作，还有一部分关于汉服的创作是以个人审美情趣为主。

他们脱离真实的世界，披着汉服的外衣包裹着童话。在《楚：巫女的祈祷》中，笔者所有的灵感来自于屈原的《九歌·少司命》（图 6-49）。"荷衣兮蕙带"这 5 个字简单描述了少司命的服饰，对大自然的尊崇与对天人浪漫的想象注入进了楚人的血液。笔者参考了湖北江陵马山楚墓的服饰，以复原的服饰为基础，串合了荷花编织而成的肩披，这些元素组成了扮演少司命的巫女。

图 6-49　《楚：巫女的祈祷》

在《爱丽丝梦游仙境新编》中，笔者将疯帽子的形象改造成了中国京剧里的"丑角"，对闯入异世界的爱丽丝大方介绍中国的传统灯笼与瓷器（图6-50、图6-51）。为了将画面里的故事感增强，拍摄时没有使用大光圈，而是将背景与其他画面细节一起容纳进去。为了让角色看起来更不着调，笔者引用了宋明时期男子盛行簪花的习俗。尽管鬓边簪花是古人出于对花卉的喜爱，但在不同创作中依旧可以产生新的语境。

历史长河里太多没有名字的人，他们铺连起了不太重要的历史瞬间，却又在瞬间里消失。影像里的时间不仅仅是回望过去，也跨越到了未来。

对于创作者而言，正如冯友兰在《中国哲学简史》里写道：人不满足于现实世界而追求超越现实世界，这是人类内心深处的一种渴望。

文艺工作者在追寻传统文化之时也是窥探内心的自我，而我们要做的不过是合理支配渴求，探索更多的历史活化可能性。

图 6-50 《爱丽丝梦游仙境新编》(1)

图 6-51 《爱丽丝梦游仙境新编》(2)

第五节
风雅精致的宋韵生活：南宋往事，临安人的一天

李飞

靖康二年（1127年），金兵攻克汴京（今河南开封），北宋王朝覆灭。建炎元年（1127年），徽宗第九子赵构在应天府（今河南商丘）即皇帝位，重建宋王朝，史称"南宋"。

宋代注重"文治"，是中国古代文明和文化的高峰期。南宋采取"崇文优士"的国策和"寒门入仕"的做法，以宽松、宽容的态度对待文人士大夫，成为中国历史上封建社会中思想文化环境最为宽松、文人地位最高的时期。这一时期，社会开放，政治清明、宋词鼎盛，绘画高峰，工艺美术造型与装饰也堪称典范，为明清工艺争相效仿。得益于临安都城巨大的文化向心力，文人雅士汇集临安，往来山水间，诗文唱和，翰墨抒情，自是一番闲情逸致。

南宋这153年，犹如空谷幽兰，给后人留下无尽的思念和向往。

吴越国保境安民积累下来的富庶与祥和，使江南成为吸引皇室安居的乐土。建炎三年（1129年），宋高宗以临安（今浙江杭州）为行宫，升杭州为临安府（图6-52）。绍兴八年（1138年），正式定都临安，杭州由"东南第一州"一跃成为全国的政治、经济、文化中心。

此后130余年，南宋虽有始终未能收复中原的遗憾，但其社会、经济、文化、艺术、科技、教育等各方面的高度发展，促成了京城临安的极度繁荣。南宋虽偏安东南一隅，然经济之繁荣、文化之辉煌、人才之众多，成为杭州城市发展史上的巅峰。

南宋时期临安城极为繁华，民物康阜。南宋人重冶容修饰，讲格调品味，饮酒品茶，焚香插花，琴棋书画，将寻常生活经营得有声有色。耐得翁在《都城纪胜》中称"风俗典礼，四方仰之为师"。法国汉学家谢和耐专事中国社会和文化史研究，著述等身，代表作《南宋

图6-52 南宋凤凰山皇城遗址高宗赵构"忠实"书法摩崖石刻

社会生活史》《蒙元入侵前夜的中国日常生活》,以细腻的笔触,描述了南宋临安的日常生活,呈现了中华文明鼎盛时期的生活艺术。作于元初的《梦粱录》《武林旧事》两书,对于南宋首都临安府的城市景观、地理环境、里巷风俗、朝廷典祀,作了翔实的记载。

江南之地山水明秀,物产丰饶,民生富庶胜过汴京。北方南迁的人口为南方带来了充足的生产力、先进的生产技术、丰富的生产经验和丰厚的商业资本。

南宋朝廷复置两浙、福建和广州三路市舶司,市舶之利成为政府财政收入的重要来源。杭州、宁波、福州、泉州和广州成为重要的贸易港口。南宋时期的海外贸易通过官办和私营两种途径大大扩展,当时的对外贸易,东到朝鲜、日本,西至非洲东岸、北欧各国,史称"海上丝绸之路"。

正因为有了富裕的物质基础,才有了南宋风雅精致的生活。

宋人的风雅精致

南宋,一个风雨飘摇的时代,面临着北方强大的女真族和蒙元的军事威胁,仍造就了繁荣的经济和灿烂的文化,皇室南迁定都临安所带来南北交融,孕育了别具一格的时代风韵。追求高雅、恬淡、自然的审美情趣,崇尚艺术的个性发展,成了有宋一代的文化时尚。

南宋帝王倡导以艺载道,重视礼乐教化,皇室喜好翰墨丹青,重视文艺修养。南宋帝王及宗室子弟多具艺术禀赋,甚至皇后亦多有艺术修养。南宋画院,画家云集,画出坚守,画出时代精神(图 6-53)。南宋官窑,造型简洁,端庄大气,莹润之色登峰造极。皇室宫廷生活不求奢华,力求雅致趣味,于简约中见精致,尽显宋人的别样风范。

图 6-53 南宋马远《山径春行图》

南宋的审美趣味和时代的风尚有关。经历了唐代消亡、五代战乱，宋人进入理性思考的时期，倾向于天然雕饰、返璞归真，追求极简之美。南宋皇室，不求夸张炫耀，喜在闲情雅趣中发现精微巧妙。文房摆设，于实用中构思创意造型，官窑瓷器、宋式家具、文房用品都是简约美的代表。

宋代被认为是中国传统社会中文人的黄金时代。在赵宋皇室的影响和推动下，由文化官僚、专职画师、闲散文人共同组成的宋代文人，承魏晋六朝以山水诗为先导的士大夫文化，吸收唐代禅学精义，掀起了文人画的浪潮，确立了士大夫阶层的地位，并由对绘画的审美扩大到园林、居室、器用、品鉴、收藏等领域，一改汉唐以来金银奢靡之风，追求极简之美，形成了格调高雅的造物艺术。

宋人的四般闲事

宋人的四般闲事"点茶焚香，挂画插花"，点明了宋人雅致生活中不可或缺的"四艺"，通过嗅觉、味觉、触觉与视觉，将日常生活提升至艺术境界，与今人追求的生活美学和讲究品位的生活态度相契合。

点茶

茶有"槚、荈、茗、蔎"等称，在先秦已进入中国人的生活中。早期茶以药用价值为主，饮用方式以"粥茶法"为主，历隋唐至两宋时期，出现了新的饮茶方式——末茶法，即将茶叶制作成团茶、饼茶，饮用时碾碎，用热水冲饮。上至王公贵族、下至平民百姓，饮茶成风，饮茶器具也推陈出新。

南宋是中国茶文化非常兴盛的时代（图 6-54）。宋人爱茶，临安城茶肆林立。宋人以点茶法饮茶，将茶压辗成粉末后放入茶盏中以水注点，用力搅拌使茶水混合成乳状再饮用（图 6-55）。点茶也常用来在斗茶时进行，也可以自煎（水）、自点（茶）、自品，点茶给人带来的身心享受，能唤来无穷的回味。

图 6-54 宋佚名《卢仝烹茶图》

图 6-55 点茶

挂画

挂画又名悬画,即悬挂书画,结合词义可理解为借助某些道具和手段悬挂绘画作品、向世人展示的一种行为方式(图6-56)。与文人有关悬挂书画并欣赏把玩的记载最早可追溯至汉代,晋人文献中记载东汉书法家梁鹄的作品被魏武帝悬挂在帐中。宋人的"挂画"既见于日常的装饰,又见于文人的收藏和品鉴,挂画极为讲究,以诗、词、字、画的卷轴为主。文人雅士很讲究挂画的内容和展示的形式,作为平时家居鉴赏或雅集活动共赏时的重要内容。

图6-56 南宋夏圭《山市晴岚图》

焚香

几千年来,香与中华民族的生活息息相关,从早期的除味、沐浴、薰衣、祭祀、辟邪、医药、饮食等用途,发展到气味鉴赏、静心澄道、心灵修养等。盛唐时期,调香、薰香、评香已成为高雅艺术,香道文化俨然成形。香,由嗅觉的感官体验到心灵满足,实现完美的转变时期,正是宋代。宋代文人士大夫文化的发展,把香事的日常化、诗意化推向极致。文人雅士相聚品香读书,一边享受氤氲香气,一边读经谈画论道,宋代是香文化的鼎盛时期(图6-57)。

图6-57 南宋马远《竹涧焚香图》

插花

花,自古以来便是人们日常生活中重要的风雅点缀。中国古代民间素有爱花、种花、赏花、摘花、赠花、佩花、簪花的习俗,由这些文化习俗演变成中国传统的插花艺术(图6-58)。中国插花艺术始于隋朝之前,主要作用是于祭坛佛前供花。唐代时,花艺在宫廷内大受欢迎,到宋代发展至极盛。宋人的花事如同香事一般,不仅是贵族文人的专属,更融入百姓寻常人家的生活中。宋代插花艺术突破唐代的富丽堂皇,以清、疏风格,追求线条美,内涵重于形式,体现插花者的人生哲理与品德节操,被称作"理念花",对

图6-58 南宋李嵩《花篮图》

后世的花艺风格影响颇大。在传世文献及绘画作品中，常见宋人的插花作品有瓶花、盘花等，其材质可见瓷、铜、银、琉璃等。

宋人的衣食住行

"开门七件事，柴米油盐酱醋茶。"据说是南宋杭州人的俗语。每一个人，其实都是普通人，生活无非就是"衣食住行"。作为南宋都城的临安人，由于过的是比较富裕的生活，幸福指数爆棚。

衣

宋代服饰面料，讲究的以丝织品为主，品种有织锦、花绫、纱、罗、绢、缂丝等（图6-59）。天寒着夹衣，再冷则在夹层中填充丝绵。那时棉花还未流行，棉织品还是稀罕之物，更无棉衣、棉裤、棉鞋。

宋代织锦最有名的不是杭州织锦，而是成都的蜀锦。其花纹有组合形几何纹、花鸟、水果、动物、人物，几乎是把天上人间一切美好的想象都织了进去。南宋宁宗嘉定时期（1208—1224年），民间流行一种"浇花布"的面料，就是后来江南妇女家常服装用得最多的印花蓝布。需要说明的是，蓝花是印在丝麻织物上的，棉布那时候还不是主角。

食

宋室南迁，北方人大量移居临安，对当时临安的饮食风俗产生了巨大影响，主要表现为以稻米为主，面食大量增加，辅以菜肴，杂以各类小吃、干果、蜜饯的结构特征。厨师们不断创制新菜，菜肴的花色品种也从山珍海味、家禽家畜的肉类、四时蔬菜瓜果等，扩大到以前"难登大雅之堂"的家禽内脏和头蹄脚掌等。菜肴做工精细，色香味俱全。南宋都人的饮食，兼收

图6-59 宋佚名《靓妆仕女图》　　图6-60 宋佚名《柳院消暑图》

并蓄，荟萃南北，创造了中国菜品文化的历史辉煌。

《武林旧事》记载了29家临安的著名酒楼，如和乐楼、和丰楼、中和楼、春风楼、太和楼、丰乐楼等。《梦粱录》中集有300余款美味佳肴，书中描述了"烧、烤、煎、炸、蒸、炖、麻、腊"等烹调方法。直到今天，杭州还有不少专门研究宋菜的学会和机构。

住

南宋临安民居，依山傍水，布置灵活，样式以一堂二室、厅堂合一的"三间起"院落式最为典型。官吏、富商等宅第从北宋时期的高大宏伟向小巧精致发展，且多拥有园林。为适应临安暴冷暴热的天气，南迁的中原人将直棂窗改成了可以随时装卸的方格木窗，一到炎夏酷暑，尽行拆去；夏尽秋来，再渐次装上（图6-60）。格子窗，成了南宋建筑的新时尚。

南宋贵族在临安城建造了非常豪华奢侈的住宅，青绿色的瓦片、红色的屋檐，大门上铆有金钉，雕栏用玉石砌成，如同"神仙洞府"一般。他们的房子占地面积也很大，房间众多，多的有上千间，少的也有几十间。因此，南宋时期杭州的房价就一路上涨。

宋人在造房子上梁时有一些重要的习俗。比如，要选吉日吉时，要念唱带有祝贺吉庆之意的"上梁文"，主人还要设酒宴、以饼钱抛梁等。

行

作为都城所在，南宋时的临安交通更为发达。临安城内不便行车，轿子曾风行一时，坐轿在京城中成为一种身份和地位的象征。临安地处江南水乡，所以人们最普遍使用的还是船。船的使用品类繁多，功能各异，既有能装万斛粮食的漕船，也有官家船舫、官家舟船，既有运河上华丽的楼船，也有轻快的雀头舟、画艇等。

宋人的人间烟火

南宋临安城非常繁华，巍峨壮观的宫阙，遍及城内的楼宇，宽阔整洁的御街，通宵达旦的夜市，处处透露着京都的繁荣景象。

"东菜、西水、南柴、北米"的谚语，清楚地交代了都城日常消费品的来源。木炭与木材由船载顺着钱塘江由上而下进入市内，菜圃大多集中在东郊，米系由长江与杭州以北之间的平原经浙西运河运来，而市民们所喝的水源是西湖之水。

纵观杭州2200多年的建城史，杭州倚湖而兴、因湖而名、以湖为魂的发展历程清晰可见。南宋时期，西湖紧邻南宋皇城与临安都城，"三面云山、中涵碧水"的山水格局，"天人合一、城湖相依"的人地关系，蕴含其

图6-61 南宋叶肖严《西湖十景之三潭印月图》

中的"寄情山水、诗情画意"中国传统审美哲学，在南宋成熟的文化与审美气息的熏染下，让皇室贵族、士民阶层与庶民社会皆陶醉其中，游湖成为贯穿整个南宋的风尚。"上有天堂，下有苏杭"的美誉源于北宋，名扬天下的"西湖十景"缘起南宋（图6-61）。

百万人口，人烟生聚，临安城是当时世界上首屈一指的国际性大都市，临安"城中寸土寸金"，地价和房价高得离谱。和欧洲的威尼斯一样，临安也是一个名副其实的水城，城内河道众多，桥梁成为都城交通的重要特色之一。临安是当时全国最大的工商业中心，一个全民皆商的都城，商家的服务和供应设施均以顾客为中心。发达的市场经济产生了快餐、简体字、漫画书和导游图，名品店和名牌产品以及琳琅满目的商品，让富裕的人们"悦己"消费停不下来。临安笙歌处处，宴饮不断。美女营销和广告推广，创意新颖。其还诞生了世界上最古老的纸币，消费时十分便捷。勾栏瓦舍里，百戏杂陈，高超的歌舞技艺、体育竞技，让人叹为观止。

一年四季的岁时活动，丰富多彩。元旦、元宵、寒食、清明、端午、七夕、中秋、重阳、除夕等岁时佳节，构成了绚丽多姿的风俗长廊和人文景观。

临安城形成"风尚奢靡"的品质生活，好尚虚荣的社会风气，金钱至上的社会观，丰富多彩的休闲生活，助人为乐的慈善事业。

南宋是一个再文艺不过的时代，她的风姿不仅仅体现在一个人或一个阶段，而是将那种清雅秀丽的风骨移植于每一位南宋人的灵魂中。平民化、世俗化、人文化的集合，造就了南宋独特的文化特点。宋代"经世致用"的务实精神与今天"求真务实"的浙江精神在思想内核上一脉相承，如今的宋韵杭式雅生活，正是千年前临安人的生活方式重现。

致谢

感谢广大传统文化爱好者和观众的热情参与；深圳技术大学教授王树金、徐州博物馆社会服务部主任杜益华、南京博物院研究馆员左骏从专业的角度讲述汉晋时期的服饰、玉器等文化；中国丝绸博物馆传统服饰研究基地主任、温州大学美术与设计学院教授王业宏做文物鉴赏；中法文化交流木瓜协会与国丝馆实现"双城汉服节"；襦一坊、入时无、雁忘归、上遥居、如是观、乔织、邈邈阁、汉服长春、衔鱼录、泡泡汉服、装束复原团队带来的精彩演出；传统服饰相关自媒体人蝈蝈、传统服饰历史爱好者阿时、屪楼志统筹及服装设计鱼汤、传统民俗文化爱好者周璇、南宋文化学者李飞从各自领域为传统文化复兴所做的努力。此外，也非常感谢纳兰美育、桃花调在妆造和汉服萌娃秀方面的支持。最后，也感谢中国丝绸博物馆讲解员田超琼、盛劲男、钟红桑以及国丝馆各部门的协作和配合。